Alexander L. Kielland

Novelletten

Verone

Alexander L. Kielland

Novelletten

1st Edition | ISBN: 978-9-92500-101-9

Place of Publication: Nikosia, Cyprus

Erscheinungsjahr: 2013

TP Verone Publishing House Ltd.

Reproduktion des Originals in Großdruckschrift!

Alexander L. Kielland

Novelletten

Verone

Alexander L. Kielland

Novelletten

Inhalt

»Grün ist die Hoffnung«
Welke Blätter
Erotik und Idyll
Ballstimmung
Ein Mittagsessen
Zwei Freunde
Die Schlacht bei Waterloo

»Grün ist die Hoffnung«.

»Du stäubst!«, rief Vetter Hans.

Ole hörte nicht.

»Er ist ebenso taub wie Tante Maren«, dachte Vetter Hans; »du stäubst, Ole!«, rief er lauter.

»Bitte um Verzeihung!«, sagte Ole und hob bei jedem Schritt die Beine hoch in die Luft. Um keinen Preis der Welt hätte er seinen Bruder genieren mögen; er hatte schon genug auf dem Gewissen.

Ging er nicht in diesem Augenblick umher und dachte an die, von welcher er wusste, dass der Bruder sie liebe? Und war es nicht sündhaft, dass er nicht Herr einer Leidenschaft werden konnte, die ein Unrecht gegen den eigenen Bruder und außerdem gänzlich hoffnungslos war?

Vetter Ole ging streng mit sich ins Gericht; und während er sich auf der anderen Seite des Weges hielt, um keinen Staub aufzuwirbeln, versuchte er mit aller Macht an gleichgültige Dinge zu denken. Aber wie weit entfernt er auch mit seinen Gedanken begann, so kam er doch auf den wunderlichsten Richtwegen stets zu dem verbotenen Punkt mit ihnen zurück und ließ sie wie die Motten ums Licht flackern.

Die Brüder, welche auf Ferienbesuch bei ihrem Onkel, dem Prediger, waren, befanden sich grade auf dem Wege zur nächsten Hardesvogtei, wo eine Tanzgesellschaft für die Jugend stattfand. Es waren viele Studenten auf Besuch in der Gegend, sodass diese Jugendtanzgesellschaften wie eine Epidemie von Hof zu Hof gingen.

Vetter Hans war daher ganz in seinem Element: Er sang, er tanzte, er war witzig vom Morgen bis zum Abend; und wenn sein Ton ein wenig scharf gewesen, als er behauptete, dass Ole stäubte, so war es eigentlich nur aus Ärger darüber, dass er den Bruder durchaus nicht in dieselbe Stimmung bringen konnte.

Wir wissen schon, was Ole bedrückte. Aber selbst unter normalen Verhältnissen war er ruhiger und schweigsamer als der Bruder. Er tanzte »wie ein Nussknacker« – sagte Hans –, konnte durchaus nicht singen (Vetter Hans behauptete auch, dass seine Stimme beim Sprechen unsympathisch und monoton sei), außerdem war er in Damengesellschaft zerstreut und linkisch.

Als sie sich der Hardesvogtei näherten, hörten sie einen Wagen hinter sich.

»Das ist der Doctor«, sagte Hans und stellte sich auf, um zu grüßen; denn die Geliebte war die Tochter des Distriktsarztes.

»O – wie reizend sie ist – in rosa!«, sagte Hans. Vetter Ole sah sofort, dass die Geliebte in hellgrün war, aber er wagte kein Wort zu sprechen, um sich nicht durch seine Stimme zu verraten; denn das Herz saß ihm im Halse.

Der Wagen fuhr in voller Fahrt vorbei; die jungen Leute grüßten und der alte Doctor rief: »Willkommen auf später!«

»Nein, es war ja die Hellgrüne!«, sagte Vetter Hans; er hatte kaum Zeit gehabt, seine brennenden Blicke von der Hellroten auf die Hellgrüne zu richten; »aber war sie nicht hübsch, Ole!«

»O ja!«, antwortete Ole mit Anstrengung.

»Du bist ein Querkopf!«, rief Hans empört aus; »aber wenn du auch allen Sinnes für weibliche Schönheit bar bist, so scheint es mir doch, dass du für die – die – die Zukünftige deines Bruders mehr Interesse zeigen könntest.«

»Wenn du nur wüsstest, wie sehr sie mich interessiert« – dachte Ole und schlug die Augen nieder.

Aber Hans war durch diese reizende Begegnung in eine Stimmung von Verliebtheit und Glückseligkeit gekommen: er schwang seinen Stock, schnalzte mit den Fingern und sang aus voller Kehle. Und während er an jene mit dem hellgrünen Kleide dachte – an das frühlingsfrische, sommervogelleichte Gewand, wie er es nannte – fiel ihm ein altes Lied ein, das er mit großem Behagen sang:

> Grün ist die Hoffnung – Trommelommelom, trommelommelom.
> Immer und ewig schön, – – Trommelommelom, trommelommelom.

Dieser Vers schien ihm so vortrefflich in die Situation zu passen, dass er ihn bis in die Unendlichkeit wiederholte – bald in dem Walzertakt der alten Melodie, bald als Marsch – bald in hohen, jubelnden Tönen, bald im Flüsterton, als vertraue er seine Liebe und seine Hoffnung dem Mond und dem Walde an.

Vetter Ole war außer sich. Denn wie große Ehrfurcht er auch vor dem Gesänge seines Bruders hatte, so wurde er dieser »grünen Hoffnung« und des ewigen »Trommelommelom« doch so müde, dass es eine wahre Erleichterung für ihn war, als sie endlich ihren Einzug auf dem Hofe des Hardesvogt hielten.

Der Nachmittag ging auf die gewöhnliche Weise hin; man amüsierte sich herrlich. Denn die meisten waren verliebt, und die, welche es nicht waren, ergötzten sich eigentlich noch mehr, indem sie diejenigen im Auge behielten, welche es waren.

Man spielte Reifenspiel. Vetter Hans lief behände umher und machte tausend Späße, brachte das Spiel in Verwirrung und erwies seiner Dame alle möglichen Aufmerksamkeiten.

Vetter Ole stand auf seinem Posten und nahm die Sache ernst; er fing den Reif und warf ihn weiter mit der größten Präzision. Ole würde sich auch amüsiert haben, wenn nur sein Gewissen ihm nicht so harte Vorwürfe über seine verbrecherische Liebe zu der »Zukünftigen« seines Bruders gemacht hätte.

Als der Abend kühl wurde, ging die Gesellschaft in den großen Saal, und der Tanz begann.

Ole tanzte niemals viel, aber heute war er besonders wenig dazu aufgelegt. Er vertrieb sich die Zeit damit, Hans zu beobachten, der den ganzen Abend mit der »Zukünftigen« umherschwärmte; Oles Herz schnürte sich zusammen, wenn er die Hellgrüne im Arm des Bruders dahinschweben sah, und es schien ihm, als tanzten sie jeden Tanz miteinander.

Endlich kam die Zeit zum Aufbruch. Die meisten Eltern waren schon in den altehrwürdigen Wagen fortgefahren, während die Jugend beschlossen hatte, einander nach Hause zu begleiten, da es eine schöne Mondnacht war.

Aber als die letzte Galoppade getanzt war, wollte die Wirtin durchaus nicht zulassen, dass die jungen Damen so warm in die Nachtluft hinaus gingen. Sie dekretierte daher eine halbe Stunde Abkühlung. Um diese Zeit auf die angenehmste Weise auszufüllen, bat sie Vetter Hans ein kleines Lied vorzutragen.

Dieser war gleich bereit; er gehörte nicht zu jenen unangenehmen Menschen, die sich lange bitten lassen; er war sich dessen, was er bieten konnte, bewusst.

Indessen war es das Eigentümliche mit Hans' Gesang, oder eigentlich in der Beurteilung desselben, dass die Meinungen mehr als gewöhnlich geteilt waren. Von drei Personen wurde sein Gesang für mehr als unvergleichlich schön gehalten. Diese drei Personen waren erstens Vetter Ole, dann Tante Maren und endlich Vetter Hans selbst. Dann kam eine große Partei, welche meinte, dass es *komisch* sei, Vetter Hans zuzuhören: »Er lege immer so viel hinein.« Aber schließlich kamen einige Übelwollende, welche behaupteten, dass er weder singen noch spielen könne.

In Bezug auf diesen letzten Punkt, das Accompagnement, machte Vetter Ole dem Bruder stets einen stillen Vorwurf – der einzige, welcher seine Bewunderung für ihn verdunkelte.

Er wusste nämlich, wie viel Mühe es Hans selbst und den Schwestern gekostet hatte, ihm diese Begleitungen einzustudieren, besonders jene drei Mollakkorde, mit denen er zu schließen pflegte und die er stets wieder einübte, bevor er in eine Gesellschaft ging.

Wenn er dann den Bruder am Klavier sitzen sah, wie er die Finger achtlos über die Tasten laufen ließ, zur Decke aufblickte und vor sich hin murmelte: »Ja, wie geht das doch!« – als suche er die richtige Tonart, da überlief es Vetter Ole kalt. Denn er wusste, dass Hans überhaupt nur drei Begleitungen kannte: eine in Moll und zwei in Dur.

Aber wenn der Sänger, indem er sich vom Klavier erhob, diese drei wohleinstudierten Mollakkorde so hingeworfen, so willkürlich ausklingen ließ, als sei es etwas, das ihm zufällig in die Finger gekommen, da schüttelte Ole den Kopf und sagte zu sich selbst: »Das ist doch nicht ganz ehrlich von Hans.«

Inzwischen sang der Bruder frischweg von seinem reichen Repertoire; Schubert und Kjerulf waren seine Lieblinge, und so trug er vor: »Du bist die Ruh', – Ich grolle nicht, – Die alten bösen Lieder, – Alles leg' ich dir zu Füßen, – Aus meinen großen Schmerzen mach' ich die kleinen Lieder« – alles mit derselben überlegenen Ruhe und dem leichten, halb spielenden Accompagnement. Das einzige was ihm Schwierigkeiten machte, war die fatale Stelle: »Ich legt' auch meine Liebe und meinen Schmerz hinein«; aber auch darüber kam er hinfort.

Plötzlich hörte Ole, welcher ganz genau die Grenzen von Hans' Fertigkeit auf dem Klavier kannte, dass dieser die gewohnten Wege verließ und begann, sich auf den Tasten umher zu tummeln; und zu seinem Schrecken glaubte er wahrzunehmen, dass Hans nach dem unseligen: »Grün ist die Hoffnung« umher suche. Aber zum größten Glück fand er es nicht und beschränkte sich daher darauf, das Lied halblaut zu summen, indem er die drei berühmten Mollakkorde griff.

»Jetzt sind wir abgekühlt!«, rief die Hellgrüne.

Allgemeines Gelächter erhob sich über ihren Eifer, fortzukommen, und sie war feuerrot, als sie »Gute Nacht« sagte.

Vetter Ole, welcher in der Nähe der Hausfrau stand, nahm Abschied; Vetter Hans hingegen wurde vom Hardesvogt zurückgehalten, welcher wissen wollte, unter welchem Professor er Musik studiert habe; und das nahm Zeit in Anspruch.

So geschah es, dass Ole und die Hellgrüne zusammen in das Vorzimmer hinauskamen, wo die jungen Leute sich bald um die Kleiderhalter drängten, teils um die eigenen Röcke zu suchen, teils um die der anderen herunterzureißen.

»Es nützt nichts, sich vorzudrängen«, sagte die Hellgrüne.

Jetzt schnürte Oles Kehle sich in ärgerlicher Weise zusammen, sodass es ihm nur glückte, einen dummen Laut hervorzubringen. – Sie standen dicht beieinander, da es sehr eng war, und Ole hätte gern einen Finger darum gegeben, wenn es ihm geglückt wäre, irgendetwas Angenehmes oder auch nur Vernünftiges zu sagen; aber es war ihm unmöglich.

»Sie haben sich heute Abend gewiss nicht amüsiert?«, sagte sie freundlich.

Vetter Ole dachte an die traurige Rolle, welche er den ganzen Abend gespielt hatte; seine Unliebenswürdigkeit schien ihm so drückend, und deshalb antwortete er (das Dümmste, das ihm hätte einfallen können – meinte er, indem er die Worte aussprach):

»Es ist schade, dass ich nicht singen kann.«

»Wahrscheinlich eine Familienschwäche«, antwortete die Hellgrüne mit einem schnellen Blick.

»N – ei – n«, sagte Ole ganz konfus, »mein Bruder singt ja ausgezeichnet.«

»So? Finden Sie das?« sagte sie trocken.

Dies war das Sonderbarste, was Ole je begegnet war: dass es über den Gesang des Bruders mehr als eine Meinung geben könne, und dass sie, »die Zukünftige«, nicht zwischen den Bewunderern sein sollte! – und doch war es ihm unangenehm, das zu hören.

Wieder ein Schweigen, das Ole vergebens zu brechen suchte.

»Tanzen Sie nicht gern?«, fragte sie.

»Nicht mit allen«, platzte er heraus.

Sie lachte: »Nein, nein, ein Herr kann ja wählen.«

Jetzt begann Ole, den Boden unter den Füßen zu verlieren. Ihm war wie einem, der in Gedanken versunken an einem Winterabend durch die Straßen geht und plötzlich merkt, dass er auf eine Eisfläche geraten ist. Es gab keine andere Hilfe als sich aufrecht zu halten und mit dem Mut der Verzweiflung sagte er: »Wenn ich wüsste – oder zu hoffen wagte, dass eine der Damen – nein! dass die Dame, mit welcher ich tanzen will, dass sie Lust hätte – hm! dass sie mit mir tanzen wollte – so – so,« weiter kam er nicht, und nachdem er ein paar Mal »so« – »so« gesagt hatte, schwieg er endlich.

»Sie könnten ja fragen,« – sagte die Hellgrüne.

Das Armband war aufgegangen, und das Schloss war so schwierig zu schließen, dass sie sich vorüber beugen musste, um es zusammenzudrücken; dabei wurde sie feuerrot.

»Würden Sie zum Beispiel mit mir tanzen?«, und dabei ging alles vor Ole im Kreise herum.

»Ja, weshalb nicht«, antwortete sie. Sie stand und bohrte die Spitze ihres Schuhs in eine Spalte des Fußbodens.

»Am Freitag sind Gäste im Pfarrhofe – wollen Sie mir da einen Tanz schenken?«

»Mit Vergnügen; welchen Tanz wünschen Sie?«, antwortete sie, indem sie sich bemühte, in dem Ton einer feinen Dame zu sprechen.

»Eine Française?« – denn die ist so lang, dachte Ole.

»Die zweite Française ist noch frei«, antwortete das Fräulein.

»Und eine Galoppade?«

»Ja, danke; die erste Galoppade!«, antwortete sie zögernd.

»Und eine Polka?«

»Nein, nein! Nicht mehr!«, rief die Hellgrüne und blickte Ole angsterfüllt an.

In diesem Augenblick kam Hans in voller Fahrt daher: »Ach, wie glücklich, dass ich Sie gefunden habe, Fräulein! – aber in welcher Gesellschaft!«

Dann zog er in seiner liebenswürdigen Weise die Hellgrüne mit sich fort, um ihren Mantel zu suchen und sich den anderen anzuschließen.

»Eine Française und eine Galoppade; aber nicht mehr – ja, ja! Ja, ja!« wiederholte Vetter Ole. Er stand wie festgewurzelt auf der Stelle. Endlich merkte er, dass er allein sei. Schnell ergriff er die erst beste Kappe, ging durch die Hintertür, schlich sich durch den Garten und kletterte mit der größten Mühe über den Gartenzaun, dicht neben der Pforte, welche noch dazu halb geöffnet war.

Er nahm den ersten Fußsteig, welcher über die Wiese führte und heftete den Blick auf die Schornsteine des Pfarrhofes. Er hatte eine schwache Empfindung, als würde er in dem hohen Grase nass bis an die Knie, aber er merkte durchaus nicht, dass die alte Uniformmütze vom Hardesvogt, welche er in der Eile so glücklich gefasst hatte, auf seinem Kopfe hin und her rutschte, bis sie sich endlich beruhigte, nachdem der breite Schirm ihm über das rechte Ohr gefallen.

»Eine Française und eine Galoppade; aber nicht mehr! – – ja, ja! – ja, ja! – – –

Es war ziemlich spät in der Nacht, als Hans sich dem Pfarrhofe näherte. Er hatte die Damen des Doctors nach Hause begleitet, und jetzt ging er und schloss die Rechnung des Tages ab.

»Sie ist etwas scheu; aber im Grunde genommen gefällt mir das.«

Als er auf den Weg zum Garten des Pfarrhofes einbog, sagte er: »Sie ist verteufelt scheu, beinahe mehr, als mir lieb ist!«

Aber als er über den Hofplatz ging, schwur er, dass launenhafte, schnippische Damen das Unerträglichste seien, was er sich vorstellen könne.

Die Sache war nämlich die, dass er durchaus nicht mit dem Resultat des Tages zufrieden war. Nicht, dass er einen Augenblick daran zweifelte, geliebt zu werden; aber grade deshalb fand er ihr kaltes und zurückhaltendes Wesen so ärgerlich. Niemals hatte sie ihm den Reifen zugeworfen, nicht ein einziges Mal hatte sie ihn zu einer Tour geholt, und auf dem Heimwege hatte sie mit allen anderen, nur nicht mit ihm gesprochen. Aber das nächste Mal würde er es anders anfangen; sie sollte diesen Tag noch bereuen.

Leise trat er ins Haus, damit Onkel nicht hören sollte, wie spät er heimkam. Um in sein und des Bruders Schlafzimmer zu gelangen, musste er über einen großen Boden gehen. Hier war ein Fenster, welches die Jugend als eine Tür benützte, durch welche man auf eine Art von Altan gelangte, der von der Bedachung der Gartentreppe gebildet wurde.

Vetter Hans bemerkte, dass das Fenster geöffnet stand; und draußen auf dem Altan sah er in dem klaren Mondschein die Gestalt seines Bruders.

Ole hatte noch die weißen Handschuhe vom Balle an; er hielt sich mit beiden Händen am Gitterwerk fest und starrte in den Mond hinein –

Vetter Hans konnte nicht begreifen, weshalb sein Bruder sich um diese Zeit der Nacht da draußen aufhielt; aber am allerwenigsten konnte er fassen, weshalb er sich einen Blumentopf auf den Kopf gestülpt hatte.

»Er ist betrunken«, dachte Hans und ging vorsichtig näher.

Da hörte er den Bruder etwas von einer Française und einer Galoppade murmeln und dann begann er so wunderliche Bewegungen mit den Händen zu machen.

Hans glaubte, sein Bruder versuche, mit den Fingern zu schnalzen; und jetzt sagte Ole langsam und deutlich in seiner unsympathischen, monotonen Stimme: »Grün ist die Hoffnung – trommelommelom – trommelommelom;« – – der Arme, er konnte ja nicht singen!

Welke Blätter.

Man *kann* müde werden, wenn man lange ein einzelnes Bild betrachtet; aber man *muss* es werden, wenn man deren viele betrachtet. Deshalb werden die Augenlider so schwer in den großen Galerien, und deshalb sind die Sitzplätze dort so dicht besetzt, wie ein Omnibus am Sonntag.

Glücklich der, welcher Selbstüberwindung genug hat, um aus der großen Mannigfaltigkeit eine kleine Anzahl Bilder zu wählen, zu denen er täglich pilgern kann.

Auf diese Weise kann man - ohne dass die Aufseher es merken - sich eine kleine Privatgalerie aneignen, welche man ganz für sich allein hat, obgleich sie in den großen Sälen verteilt ist. Alles, was nicht zu dieser Privatsammlung gehört, sinkt herab zu bloßer Vergoldung und Leinwand, eine Dekoration, an welcher man auf seinem Wege vorbei wandelt, die aber das Auge nicht ermüdet.

Dann und wann geschieht es, dass man ein Bild entdeckt, welches man bis jetzt übersehen hat, das man aber nach näherer Besichtigung mit in die engere Auswahl aufnimmt. So vergrößert sich die Sammlung stetig, und so ist es denkbar, dass man durch systematische Durchführung dieser Methode eine große Bildersammlung zu einer Art Privateigentum macht.

Aber gewöhnlich hat man keine Zeit. Es gilt, sich schnell zu orientieren; man macht im Katalog ein Kreuz neben den Bildern, welche man zu annektieren gedenkt, grade so, wie der Forstmann seine Bäume bezeichnet, wenn er durch den Wald geht.

Diese Privatsammlungen sind natürlich sehr verschiedener Art. Oft sucht man in ihnen vergebens nach den großen, anerkannten Meisterwerken, während man ein kleines, unbeachtetes Bild auf dem Ehrenplatze findet, und um das wunderliche Arrangement in vielen dieser kleinen Sammlungen zu begreifen, tut man am besten, wenn man sich von dem führen lässt, welcher die Auswahl getroffen hat.

Hier nur ein Bild aus einer solchen Privatgalerie.

In einem Winkel des »Salon« von 1878 hing ein Bild von dem englischen Maler Mr. Everton Sainsbury. Es erregte durchaus keine Aufmerksamkeit. Es war weder groß noch klein genug, um die banale Neugierde zu fesseln; auch fand sich weder in Farbe noch Manier eine Spur der modernen Extravaganz.

Indem man daran vorüber ging, sandte man ihm einen wohlwollenden Blick, denn es machte einen harmonischen Eindruck, und das Sujet war einfach und leichtfasslich.

Es waren zwei Liebende, die ein wenig uneinig geworden waren. Und das Publikum lächelte, während jeder in seinem stillen Sinne an diese reizenden, kleinen Zwistigkeiten dachte, die so stürmisch und so kurz sind; sie entstehen aus den unglaublichsten und verschiedensten Ursachen, aber sie endigen unter allen Umständen mit einem Kuss.

Und doch sammelte dies Bild sich nach und nach eine kleine Gemeinde; man konnte sehen, dass es schon in mehrere Privatsammlungen aufgenommen war.

Wenn man dem bekannten Winkel zusteuerte, fand man den Platz oft von einer einzigen Person besetzt, die in tiefe Gedanken versunken da stand. Es waren Menschen der verschiedensten Art, aber alle bekamen sie vor diesem Gemälde den gleichen Gesichtsausdruck; es war als würfe es einen fahlen, gelblichen Widerschein.

Trat man dann näher, so pflegte der Beschauer sich gern zu entfernen: es war als könne nur einer zurzeit dies Kunstwerk genießen, als wäre man am liebsten allein mit demselben.

In einem Winkel des Gartens, dicht an der hohen Mauer steht eine offene Laube. Sie ist einfach aus grünen Latten zusammengesetzt, die einen großen Bogen mit einer Rückwand bilden. Die ganze Laube ist mit wildem Wein bedeckt, der sich von der linken Seite auf das gewölbte Dach zieht und in langen, schwanken Zweigen rechts herunterhängt.

Es ist im Spätherbst; die Laube hat schon ihr dichtes Laubdach verloren. Nur die äußersten feinen Stängel des wilden Weins haben ihre Blätter noch behalten. Und bevor sie abfallen, schenkt der Sommer ihnen vor seinem Scheiden alle die Farben, welche ihm übrig geblieben sind; und wie leichte Girlanden roter und gelber Blüten hängen sie noch eine Zeit lang da und schmücken den Garten mit der schwermütigen Pracht des Herbstes.

Rund umher auf der Erde liegen die abgefallenen Blätter; und grade vor der Laube hat der Wind mit dem größten Fleiß die schönsten derselben zu einem kleinen, runden, zierlichen Grabhügel zusammengewirbelt.

Die Bäume sind schon kahl geworden, und auf einem nackten Zweig sitzt der kleine Gartensänger mit der rothbraunen Brust – selbst wie ein welkes Blatt – und wiederholt unermüdlich die Laute, deren er sich noch von seinem Frühlingssang her erinnert.

Das einzig Üppige auf dem ganzen Bilde ist der Efeu. Denn der Efeu ist wie die Sorge, er hält sich Sommer und Winter frisch.

Er kriecht mit seinen weichen Fühlhörnern daher, er legt sich in die kleinsten Spalten, er drängt sich durch die unscheinbarsten Öffnungen; und erst wenn er groß und stark geworden ist, merken wir, dass er sich nicht mehr ausrotten lässt, und dass er unerbittlich fortfährt, das ganze Gebäude zu zerstören.

Aber der Efeu ist auch wie die *wohlerzogene* Sorge; er bedeckt sein Zerstörungswerk mit schönen, glänzenden Blättern. Und die Menschen lächeln mit strahlendem Angesicht, indem sie tun, als wüssten sie nicht, dass sie unter efeubedeckten Ruinen umherwandeln.

Mitten in der Laube sitzt ein junges Mädchen auf einem Strohstuhl; ihre beiden Hände ruhen im Schoße. Sie sitzt mit gesenktem Haupte da und ein seltsamer Ausdruck liegt auf dem hübschen Gesicht. Es ist nicht so sehr Kränkung oder Zorn, noch weniger gewöhnliches Schmollen, das aus diesen Zügen spricht; nein, es ist vielmehr eine ungeheure, bittere Enttäuschung. Sie sieht aus, als stände sie im Begriff, etwas zu verlieren, ohne die Kraft zu besitzen, es festhalten zu können; – als welke auch für sie etwas dahin.

Er, der sich mit einer Hand auf ihren Stuhl stützt, fängt an zu begreifen, dass die Situation ernster geworden ist, als er geglaubt. Er hat alle Mittel versucht, um den ursprünglich so unbedeutenden Streit beizulegen und vergessen zu machen; er hat Vernunft gepredigt, er hat es mit Scherzen versucht; er hat um Verzeihung gebeten und hat sich gedemütigt – vielleicht sogar mehr als er wollte–; aber alles vergebens. Nichts scheint imstande, sie aus der halbtoten Stimmung zu reißen, in welche sie versunken ist.

Deshalb beugt er sich mit einem Ausdruck der Angst über sie:

»Aber du weißt doch, dass wir im Grunde so viel voneinander halten.«

»Weshalb entzweien wir uns dann so leicht und sind so bitter und so böse miteinander?«

»Aber, Liebste, das Ganze war doch im Anfang so unbedeutend.«

»Grade deshalb! – erinnerst du dich, was wir uns gesagt haben? Wie wir miteinander wetteiferten, um die Worte zu finden, von denen wir wussten, dass sie am tiefsten verletzen würden? O – zu denken, dass wir die Kenntnis, die wir voneinander haben, dazu benützen, um die Stellen ausfindig zu machen, wo die bösen Worte am meisten verwunden!! – und das nennen wir *Liebe*!«

»Liebste – nimm es doch nicht so feierlich«, antwortete er, indem er einen leichteren Ton anzuschlagen versuchte, – »wenn die Menschen sich noch so lieb haben, so kommen doch Augenblicke, wo sie uneinig sind; das kann nun einmal nicht anders sein!«

»Doch, doch!«, rief sie, »es muss eine Liebe geben, für welche ein Streit unmöglich ist; oder auch – – auch ich habe mich getäuscht und das, was wir Liebe nennen, ist nichts anderes, als, als – – –«

»Zweifle nicht an der Liebe!«, unterbrach er sie eifrig; und in warmen, beredten Worten schilderte er das Gefühl, das den Menschen veredelt, indem es uns lehrt, Nachsicht mit den Schwächen des anderen zu haben; das uns die höchste Glückseligkeit schenkt, indem es uns trotz aller kleinen Zwistigkeiten mit dem schönsten Bande vereint.

Sie hatte ihm nur halb zugehört. Ihr Blick war über den welken Garten geschweift; sie hatte die schwere Luft des sterbenden Pflanzenlebens eingeatmet – und sie hatte des Frühlings gedacht, der Hoffnung und der allmächtigen Liebe, die dahin welkt wie eine Blume im Herbst.

»Welke Blätter« – sagte sie ruhig, und indem sie sich erhob, stieß sie mit dem Fuße all die schönen Blätter auseinander, welche der Wind mit so viel Mühe zusammengetragen hatte.

Sie ging die Allee hinauf, welche zum Hause führte; er folgte ihr in geringer Entfernung. Er schwieg, denn er fand keine Worte. Ein müdes Gefühl von Angst und Ermattung bemächtigte sich seiner; er fragte sich selbst, ob er sie noch erreichen könne, oder ob sie schon hundert Meilen fern sei.

Sie ging mit gesenktem Haupte und blickte auf die Blumenbeete. Da standen die Astern, wie zerrissene Papierblumen auf Kartoffelkraut; die Georginen hingen mit ihren dicken Krämer-Köpfen an den geknickten

Stängeln, und die Stockrosen hatten kleine, verkümmerte Knospen an der Spitze und große, nasse, verfaulte Blüten unten am Stängel.

Und Bitterkeit und Enttäuschung bemächtigten sich ihres jungen Herzens. Während die Blumen dahin starben, reifte sie dem Winter des Lebens entgegen.

So verschwanden sie oben in der Allee. Aber der leere Stuhl blieb in der welkenden Laube stehen, während der Wind die Blätter wieder geschäftig zu dem kleinen Grabhügel zusammentrug. – – –

Und im Laufe der Zeit setzen wir uns alle – *alle* nach der Reihe – auf den leeren Stuhl in einem Winkel des Gartens und starren auf einen kleinen Grabhügel welker Blätter.

Erotik und Idyll.

»Seht nur zu, dass ihr zusammenkommt«, sagte Frau Olsen.

»Ja, ich begreife nicht, weshalb ihr euch nicht jetzt zum Herbste verheiratet«, rief das ältere Fräulein Ludvigsen, das für die wahre Liebe schwärmte.

»Ach ja!«, rief Fräulein Louise, welche Brautjungfer sein sollte.

»Aber Sören sagt, dass er kein Geld hat«, sagte die Verlobte etwas kleinlaut.

»Kein Geld!« wiederholte Fräulein Ludvigsen, »wie ein junges Mädchen nur ein solches Wort über seine Lippen bringen kann! Wenn du deine junge Liebe jetzt schon von solchen prosaischen Berechnungen überwuchern lassen willst, was bleibt denn da zurück von dem idealen Glanz, welchen nur die Liebe über das Leben zu verbreiten vermag. Dass ein Mann solche Rücksichten zu nehmen gezwungen ist, das kann ich zur Not noch begreifen – es ist ja gewissermaßen seine Pflicht – aber eine zarte Frauenseele im blühenden Liebeslenz! – nein, nein Marie! Lass diese gemeinen Geldfragen dir um Gottes willen dein Glück nicht verdunkeln.«

»Ach nein!«, rief Fräulein Louise.«

»Und außerdem,« nahm Frau Olsen das Wort, »außerdem hat dein Schatz ja gar nicht so wenig zum leben. Mein Mann und ich fingen mit viel weniger an. – Ich weiß, du willst sagen, dass es damals noch andere Zeiten waren. Ja, Gott sei's geklagt, das wissen wir; mich wundert es nur, dass ihr nicht endlich müde werdet, uns das zu erzählen. Glaubt ihr denn nicht, dass wir Alten, die wir selbst den Übergang erlebt haben, am besten den Unterschied zwischen einst und jetzt kennen? Wenn ich als erfahrene Hausfrau dir also sage, dass der Gehalt deines Bräutigams bei meinem Manne in Verbindung mit dem, was er leicht noch durch Extra-Arbeit verdienen kann, hinreichend ist, um darauf zu heiraten, so kannst du wohl glauben, dass ich dabei die gehörige Rücksicht auf die veränderten Verhältnisse nehme.«

Frau Olsen war förmlich in Hitze gekommen, obgleich niemand daran dachte, ihr zu widersprechen. Aber sie hatte sich schon so oft bei Gesprächen dieser Art ärgern müssen, wenn sie hörte, wie besonders die jungen Frauen sich darin ergingen zu behaupten, dass vor dreißig Jahren alles so lächerlich billig gewesen sei. Es war grade, als wollten sie die mustergültige Art, in welcher sie ihren Hausstand geführt hatte, verringern und verkleinern!

Dieses Gespräch machte einen tiefen Eindruck auf die Braut; denn sie hatte viel Vertrauen zu der klugen und erfahrenen Frau Olsen. Und diese hatte sich Mariens eifrig angenommen, seitdem sie sich mit dem Vertreter des Hardesvogts verlobt hatte. Sie war eine energische Frau, und da ihre eigenen Kinder schon erwachsen und nach allen Richtungen hin verheiratet waren, so war es eine willkommene Ableitung für ihre Lust zum Wirken, sich des jungen Brautpaars und seiner Angelegenheiten annehmen zu können.

Mariens Mutter dagegen war eine sehr schweigsame Dame. Ihr Mann, der ein kleines Amt bekleidet hatte, war so frühzeitig gestorben, dass ihre Pension nur äußerst klein war. Sie war aus guter Familie und hatte in ihrer Jugend nichts anderes gelernt als Pianoforte spielen. Aber sie hatte längst aufgehört, diese Fertigkeit zu üben und war im Laufe der Zeit außerordentlich religiös geworden.

»Hören Sie einmal, mein lieber Bevollmächtigter! Denken Sie denn gar nicht daran, sich zu verheiraten?« fragte der Hardesvogt in seiner gutmütigen Weise.

»Ja!«, antwortete Sören sehr langgezogen, »wenn ich Geld habe.«

»Geld!« wiederholte der Hardesvogt, »Sie sind ja doch gar nicht schlecht gestellt. Ich weiß, dass Sie etwas zurückgelegt haben.«

»Eine unbedeutende Kleinigkeit,« schob Sören ein.

»Also – wenn auch unbedeutend, so zeigt es doch, dass Sie ökonomischen Sinn haben, und der ist viel Geld wert. Mit Ihrem guten Examen, Ihren Familienverbindungen und übrigen Connectionen in der Hauptstadt können Sie ja bald ein kleines Amt bekommen, und ist man erst einmal auf der Beamtenlaufbahn, dann geht es – wie Sie wissen – von selbst.«

Sören kaute auf der Feder und sah ratlos aus.

»Stellen wir uns also vor,« fuhr der Prinzipal fort, »dass Sie Dank Ihrer Sparsamkeit Ihre Wohnung ohne besondere Schulden einrichten können, so haben Sie ja Ihren Vollmachts-Gehalt und das, was Sie noch durch Extra-Arbeit verdienen können. Und das müsste doch wunderlich zugehen, wenn ein Mann von Ihrer Tüchtigkeit seine überflüssige Zeit nicht einträglich verwenden könnte, in einer aufblühenden Handelsstadt wie die unsere.«

Sören dachte den ganzen Vormittag über die Worte des Hardesvogts nach; es stand ihm immer klarer vor Augen, dass er die ökonomischen Schwierigkeiten, welche sich seiner Heirat in den Weg stellten, überschätzte, und im Grunde genommen war es ja wahr, dass die Bureau-Arbeit ihm noch viel Zeit übrig ließ.

Heute war er mit seiner Braut zum Mittagsessen beim Prinzipal eingeladen. Im Ganzen genommen trafen die Verlobten sich ebenso oft beim Hardesvogt, wie in Mariens Wohnung. Denn die eigentümliche Fertigkeit, welche Frau Möller – Mariens Mutter – sich angeeignet hatte, allen Gesprächen einen religiösen Ausgang zu geben, hatte durchaus nichts anziehendes für die jungen Leute.

Bei Tische war die Rede von einem kleinen, schmucken Hause, das Frau Olsen entdeckt hatte, »so ein rechtes Nest für Neuvermählte«, wie sie sich ausdrückte. Im Laufe des Gesprächs erkundigte Sören sich nach dem Preise und fand diesen noch ganz vernünftig im Verhältnis zu der Beschreibung, welche die Frau machte.

Wenn Frau Olsen diese Heirat so gern beschleunigt sehen wollte, so geschah dies in erster Linie – wie gesagt – um sich mit irgendetwas zu beschäftigen; und dann entsprang es aus dem unbestimmten Wunsche, dass überhaupt irgendetwas vor sich gehen sollte – ein psychologisches Phänomen, das nicht selten in kleinen, einförmigen Verhältnissen bei energischen Charakteren vorkommt.

Der Hardesvogt arbeitete nach derselben Richtung; erstens, weil die Frau es befohlen hatte, und zweitens, weil er glaubte, dass wenn Sören erst mit Fräulein Marie, die seinem Hause so viel Dank schuldete, verheiratet sein würde, er noch fester an das Bureau gefesselt wäre. Der Hardesvogt war mit seinem Bevollmächtigten sehr zufrieden!

Nach Tische gingen die Verlobten im Garten spazieren.

Sie sprachen so seltsam kurzatmig miteinander, bis Sören in einem Tone, der leicht klingen sollte, die Bemerkung hinwarf: »Was meinst du, wenn wir uns im Herbst heirateten?«

Marie vergaß erstaunt zu sein; sie war mit denselben Gedanken umhergegangen, und deshalb antwortete sie, indem sie zu Boden blickte: »Ja, wenn du meinst, dass es geht, so habe ich gewiss nichts dagegen.«

»Lass uns einmal rechnen«, sagte Sören und zog sie ins Lusthaus.

Eine halbe Stunde später traten sie Arm in Arm in den Sonnenschein hinaus. Es war, als strahlten sie selbst auch; denn es liegt immer ein Glanz auf einem kecken Entschluss, der nach reiflicher Überlegung und ernster Berechnung gefasst wird.

Einer oder der andere mag nun wohl meinen, dass man nicht unbedingt auf die Richtigkeit eines Rechenexempels bauen soll, nur weil zwei Liebende ganz dasselbe Fazit gezogen haben; besonders wenn das Problem sich um die Wahl der höchsten Glückseligkeit oder der Entsagung gedreht hat.

Sören hatte, während sie rechneten, auch einige Anfechtungen gehabt. Es war ihm eingefallen, wie er in der Studentenzeit in hochtrabenden Worten von der Verantwortung gesprochen hatte, welche man der Nachkommenschaft gegenüber hat, – wie er auf philosophischen Umwegen das Egoistische in der Liebe nachgewiesen und die lächerliche Frage aufgeworfen hatte, ob man so ohne Weiteres das Recht habe, Kinder in die Welt zu setzen.

Aber die Zeit und das praktische Leben hatten ihn glücklicherweise von diesen müßigen und schädlichen Gedankenexperimenten geheilt. Und außerdem war er viel zu sittlich und wohlerzogen, um die nichts ahnende Geliebte dadurch kränken zu wollen, dass er eine so frivole Aussicht wie die, viele Kinder zu bekommen, mit in seine Berechnung aufnahm. Das ist ja grade das Reizende, dass die jungen Leute solche Dinge dem lieben Herrgott und dem Storch überlassen.

Nicht allein beim Hardesvogt war große Freude, sondern fast die ganze Stadt geriet in eine Art Fieberzustand bei der Nachricht, dass der Bevollmächtigte im Herbst heiraten würde. Denn die, welche eine Einladung zur Hochzeit erwarten durften, freuten sich schon lange vorher, und die, welche nicht darauf rechnen konnten, ärgerten sich und lästerten; aber die, welche wussten, dass sie auf der Expektantenliste standen, waren halb von Sinnen vor Erwartung. Und jede Gemütsbewegung hat in solch einer kleinen Stadt Wert.

Frau Olsen war eine mutige Dame, und doch klopfte ihr Herz, als sie sich auf den Weg zur Witwe Möller machte. Es ist so eine eigne Sache drum, eine Mutter zu fragen, ob man die Hochzeit ihrer Tochter in seinem Hause halten dürfe. Aber sie hätte sich ihre Angst sparen können.

Denn Frau Möller scheute jede Anstrengung fast ebenso sehr, wie sie die Sünde in jeglicher Gestalt scheute, und deshalb fühlte sie eine große Erleichterung bei Frau Olsen's Vorschlag, welcher mit einer für diese Dame ungewöhnlichen Delikatesse gemacht wurde. Es war indessen nicht Frau Möllers Art, eine zufriedene Stimmung zu zeigen. Da ja im Grunde genommen alles auf irgendeine Weise ein »Kreuz« war, so ließ sie es auch jetzt durchschimmern, dass ihre Geduld imstande sei, *jede* Schickung zu ertragen.

Frau Olsen kam strahlend von diesem Besuch zurück. Sie hätte die Hälfte der Freude an dieser Heirat eingebüßt, wenn es ihr nicht gestattet worden wäre, die Hochzeit in ihrem Hause zu feiern; denn Hochzeitfeiern waren ihre Spezialität. Dann legte sie ihre Sparsamkeit beiseite, und die Befriedigung, welche sie darüber empfand, ihre ganze Arbeitskraft brauchen zu können, machte sie beinahe liebenswürdig. Außerdem war das Amt ja ein gutes, und Olsens hatten immer ein kleines Vermögen gehabt, von dem jedoch niemals gesprochen wurde.

Die Hochzeit wurde also gefeiert, und eine prächtige Hochzeit war es. Fräulein Ludvigsen hatte ein reimfreies Lied über die wahre Liebe gedichtet; dieses wurde bei Tische gesungen, und Louise war von allen Brautjungfern die hübscheste.

Die Neuvermählten zogen in das von Frau Olsen entdeckte Nest, um diesen halbbewussten Zustand festlicher Glückseligkeit zu beginnen, welchen die Engländer »Honigmonat« nennen, weil er so süß ist, und die deutschen »Flitterwochen«, weil der Glanz so hurtig schwindet, und die Skandinavier »Weizenbrottage«, weil sie wissen, dass die Hausmannskost bald darauf folgt.

Aber in Sörens Haus dauerten die Weizenbrottage lange, und als der liebe Herrgott ihnen einen kleinen Engel mit goldenen Locken schenkte, war ihr Glück so groß, wie man überhaupt nur eins in dieser traurigen Welt erwarten kann.

In Bezug auf das Einkommen – nun, so reichte es einigermaßen hin, obgleich Sören leider seine Wohnung nicht ohne Schulden hatte einrichten können; aber mit der Zeit sollte sich dies schon wieder ausgleichen!!

Ja, mit der Zeit! – Die Jahre vergingen, und jedes Jahr schenkte unser Herrgott Sören einen kleinen Engel mit goldenen Locken. Nach einer sechsjährigen Ehe hatte er also grade fünf Kinder. Die kleine, stille Stadt war unverändert, Sören war noch immer Bevollmächtigter, Olsens waren stets die alten; aber Sören selbst war nicht wieder zu erkennen.

Es gibt Sorgen und schwere Schicksalsschläge, von denen man sagt, dass sie das Haar eines Mannes über Nacht bleichen können. Solche Schickungen waren Sören nicht beschieden. Was sein Haar grau gemacht hatte und seinen Rücken beugte und ihn vor der Zeit altern ließ, das war eine langsame, vulgäre Sorge – die Sorge ums tägliche Brot.

Nahrungssorgen spielen unter den Sorgen dieselbe Rolle wie die Zahnschmerzen unter den Krankheiten. Es ist kein einzelner Schmerz, der sich im offenen Kampf besiegen lässt; es ist nicht wie ein Nervenfieber oder eine andere »ordentliche« Krankheit, die eine Entwickelung – eine Krisis hat. Wie aber der Zahnschmerz lang und einförmig wie ein Bandwurm ist, so legt sich die Nahrungssorge wie eine graue Wolke um ihr Opfer; man zieht sie jeden Morgen mit seinen abgetragenen Kleidern wieder an, und man schläft selten so fest und tief, dass man sie ganz vergessen könnte.

Es war in dem langen Kampf gegen die herannahende Armut, dass Sören sich abgenutzt hatte; und doch war er ein großer Ökonom.

Aber es gibt zwei Sorten von Ökonomie: die active und die passive. Die passive Ökonomie denkt Tag und Nacht darüber nach, wie sie einen Schilling ersparen soll; die active sinnt ebenso eifrig darauf, wie sie einen Taler verdienen kann. Die erstgenannte Sorte – die passive – ist bei uns zu Hause; die active draußen in den großen Verhältnissen, – besonders in Amerika.

Sören hatte seine Force nach der passiven Richtung hin. Er verwendete seine ganze freie Zeit und auch etwas von seiner Arbeitszeit darauf, allerhand Ersparungen und Einschränkungen auszuspekulieren. Aber lag es nun vielleicht daran, dass er kein Glück hatte, oder – was wahrscheinlicher ist – waren seine Einnahmen in Wirklichkeit zu klein, um mit Frau und fünf Kindern davon leben zu können – genug: Seine finanzielle Lage verschlimmerte sich.

Alle Plätze im Leben scheinen so gut besetzt zu sein, und doch gibt es einige Menschen, die überall ankommen. Zu diesen gehörte Sören nicht, und er suchte vergebens nach dieser Extra-Arbeit, welche vor ihm und seiner Braut wie eine dunkle aber reiche Einnahmsquelle geschwebt hatte. Und ebenso wenig nützten ihm seine guten Verbindungen. Es gibt immer eine Menge Leute, welche jungen, hoffnungsvollen Männern helfend beistehen; aber bedrängte Familienväter kommen überall zur Unzeit.

Sören hatte viele Freunde gehabt. Man konnte nicht sagen, dass sie sich von ihm zurückgezogen hatten; aber er war gewissermaßen von ihnen fortgeblieben. Wenn sie sich jetzt trafen, so war eine gewisse Verlegenheit auf beiden Seiten. Sören hatte keinen Sinn mehr für das, was die andern interessierte; und diese langweilten sich, wenn er davon sprach, wie hart er arbeiten müsse und wie teuer das Leben sei.

Und wenn er wirklich einmal von einem seiner Jugendfreunde zu einer Herrengesellschaft geladen wurde, so ging es ihm, wie es Leuten zu gehen pflegt, die für gewöhnlich sehr einfach zu leben pflegen: Er aß und trank zu viel. Und von dem muntern, aber feinen und vorsichtigen Sören war er zu einer Art von Narren herabgesunken, der dumme Reden hielt, und um den sich nach Tische die Rangen der Gesellschaft versammelten, um ihren Scherz mit ihm zu treiben. Was aber den peinlichsten Eindruck auf seine Bekannte machte, war, dass er für seine Kleidung ganz gleichgültig geworden war.

Sören war nämlich äußerst sorgfältig in seiner Toilette gewesen; in seinen Studentenjahren hieß er »der zierliche Sören«. Und selbst als Familienvater hatte er seinen dürftigen Kleidern noch eine Zeit lang eine Art von Schwung zu geben gewusst. Aber nachdem die harte Not ihn gezwungen hatte, jedes Kleidungsstück eine unnatürlich lange Zeit zu tragen, hatte seine Eitelkeit sich endlich verloren. Und wenn ein Mann erst den Sinn dafür verliert, seine Person sauber zu halten, so verliert er ihn gewöhnlich auch *gänzlich*. Seine Frau musste ihn jetzt darauf aufmerksam machen, wenn die Anschaffung eines neuen Rockes durchaus notwendig wurde, und wenn seine Halskragen an den Kanten gar zu zerrissen waren, so beschnitt sie dieselben mit der Schere.

Er selbst hatte an andere Dinge zu denken – der Arme! Aber wenn Fremde ins Bureau kamen, oder wenn er selbst in eine Tür trat, so hatte er die ganz mechanische Gewohnheit auf seine Rockaufschläge zu spucken und mit den Händen darüber zu reiben. Wie die Rudimente der Organe, welche durch Nichtgebrauch zu Grunde gehen, wie die Zoologen es bei gewissen Tieren nachweisen, war dies das einzige Überbleibsel von der Sauberkeit des »zierlichen Sören«.

Inzwischen trug Sören seinen schlimmsten Feind in seinem eigenen Innern. In seiner Jugend hatte er sich mit Philosophie beschäftigt, und jetzt geschah es ihm oft, dass diese unselige Lust zu denken über ihn kam, alle Einwendungen über den Haufen warf und damit endigte, alles auf den Kopf zu stellen.

Das geschah ihm besonders, wenn er an seine Kinder dachte.

Wenn er diese kleinen Geschöpfe betrachtete, welche – das konnte er sich selbst nicht verhehlen – im Laufe der Zeit mehr und mehr vernachlässigt wurden, war es ihm unmöglich, sie noch als in die Kategorie »der goldlockigen Engel, welche unser Herrgott ihm gegeben hatte« gehörend anzusehen. Er musste ja eingestehen, dass unser Herrgott solche Gaben nicht ohne Veranlassung von unserer Seite gibt, und dann fragte Sören sich selbst: »Hast du ein *Recht* dazu gehabt?« Er dachte an sein eigenes Leben, das unter so glücklichen Verhältnissen begonnen hatte. Er stammte aus einem behaglichen Heim; sein Vater – ein Beamter – hatte ihm die beste Erziehung des Landes gegeben; er war wie einer der Besten für den Kampf des Lebens gerüstet gewesen; – und wie war er aus demselben hervorgegangen?

Und was hatte er seinen Kindern mitzugeben in jenen Kampf, in welchen er sie hinein schickte? Sie begannen ihr Leben in Sorge und Mangel, die auch noch verborgen gehalten werden sollten; sie lernten frühzeitig den bittern Unterschied zwischen den Erwartungen und Anforderungen an das Leben und zwischen den äußeren Verhältnissen kennen; und aus ihrem unordentlichen Heim sollten sie das mitnehmen, was vielleicht das drückendste, schwerste Erbe ist, welches der Mensch mit sich durchs Leben schleppen kann: Armut verbunden mit Pretentionen.

Sören versuchte, zu sagen: Unser Herrgott wird sich ihrer schon annehmen. Aber er schämte sich sofort, denn er fühlte, dass er dies nur sagte, um sein Gewissen zu beruhigen und sich selbst zu entschuldigen.

Diese Gedanken waren seine ärgste Plage; aber, um die Wahrheit zu gestehen, es war nicht oft, dass sie über ihn kamen; denn Sören war stumpf geworden. Das meinte auch der Hardesvogt: »Seiner Zeit«, pflegte er zu sagen, »war mein Bevollmächtigter ein recht tüchtiger Mann. Aber – sehen Sie! Diese übereilte Heirat, die vielen Kinder usw. – kurz gesagt, es ist beinahe mit ihm zu Ende.«

Schlecht gekleidet und schlecht ernährt, voll Schulden und Kümmernissen war er müde und abgenützt, ohne überhaupt etwas Rechtes geleistet zu haben. Und das Leben ging seinen Gang und Sören schleppte sich mit. Alle schienen ihn vergessen zu haben, mit Ausnahme unseres Herrgotts, der ihm – wie gesagt – jedes Jahr einen kleinen Engel mit goldenen Locken schenkte.

Sörens junge Frau war ihrem Gatten getreulich durch diese sechs Jahre gefolgt, und so hatte sie mit ihm dasselbe Ziel erreicht.

Das erste Jahr ihrer Ehe war wie ein Traum schwindelnder Glückseligkeit dahingegangen. Wenn sie den kleinen goldlockigen Engel ihren Freundinnen entgegenhielt, war sie schön, wie ein vollkommenes Bild des Mutterglücks; und Fräulein Ludvigsen sagte: »Seht! Die wahre, die echte, die rechte Liebe!«

Aber bald wurde Frau Olsen's »Nest« zu klein; die Familie wurde größer und die Einnahmen blieben stehen. Täglich wurden neue Ansprüche an sie gemacht, neue Sorgen – neue Pflichten. Marie griff kräftig mit an, denn sie war ein mutiges, verständiges Weib.

Es ist keine sogenannte erhebende Arbeit, einem Haushalt voll kleiner Kinder vorzustehen, ohne die Mittel zu besitzen, auch nur die einfachsten Anforderungen an Komfort und Behaglichkeit zu befriedigen. Und obendrein war sie ja niemals so recht gesund; ihr Zustand bewegte sich immer zwischen dem kürzlich ein Kind gehabt zu haben oder bald eins wieder zu bekommen. Während sie vom Morgen bis zum Abend mit Arbeit überladen war, verlor sie ihren freudigen Humor und ihr Gemüt ward verbittert; zuweilen fragte sie sich selbst: Wie hängt dies zusammen?

Sie sah den Eifer, mit welchem junge Mädchen nach der Ehe strebten, und sie sah die selbstzufriedene Miene, mit welcher junge Männer diese antragen; sie dachte an ihre eigenen Erfahrungen, und sie hatte das Gefühl, als habe man sie betrogen.

Aber es war nicht recht, dass Marie dies dachte, denn sie hatte ja eine ausgezeichnete Erziehung genossen.

Die Lebensanschauung, in welcher man sie frühzeitig geübt hatte, war das einzig Schöne, das einzige, was noch imstande war, ihr die Ideale des Lebens zu retten. Keine hässliche, prosaische Anschauung des Daseins hatte jemals ihren Schatten auf ihre innere Entwickelung geworfen; sie wusste, dass die Liebe das Schönste auf Erden sei, dass sie über der Vernunft steht, und dass man sie in der Ehe findet; in Bezug auf Kinder hatte sie gelernt zu erröten, wenn sie überhaupt nur genannt wurden.

Ihre Lektüre war immer strenge bewacht worden. Sie hatte viele ernste Bücher über die Pflichten der Frau gelesen; sie wusste, dass es ihr Glück sei, von einem Manne geliebt zu werden, und dass es ihre Bestimmung sei, Weib zu sein. Sie kannte die Bosheit der Menschen, und wie oft diese sich zwei jungen Liebenden in den Weg stellen; aber sie wusste auch, dass die wahre Liebe schließlich stets als Siegerin aus dem Kampf hervorgeht. Und wenn die Menschen im Kampfe des Lebens zugrunde gingen, so war es, weil sie ihrem Ideale untreu wurden, und sie glaubte an das ihre, obgleich sie eigentlich gar nicht wusste, was es war.

Sie kannte und liebte die Dichter, welche sie lesen durfte. Vieles von der Erotik verstand sie nur halb; aber das war ja grade das Reizende. Sie wusste, dass die Ehe eine ernste – eine sehr ernste Sache sei, und dass ein Prediger dazu gehörte, und dass die Ehen im Himmel gestiftet werden, gleichwie die Verlobungen im Ballsaal. Aber wenn sie in ihren jungen Tagen an dieses ernste Verhältnis dachte, so war es, als blickte sie in einen verzauberten Wald, wo Amoretten Kränze winden, die Störche kleine goldgelockte Engel bringen, und vor der kleinen Hütte im Hintergrunde, die jedoch groß genug ist, um die Glückseligkeit der ganzen Welt in sich zu bergen, das ideale Ehepaar sitzt und sich in die Augen blickt.

Und niemals war jemand rücksichtslos genug gewesen, ihr zu sagen: »Verzeihen Sie, Fräulein! Hätten Sie nicht Lust, mit mir auf die andere Seite zu kommen, und die Sache von rückwärts anzusehen? Denken Sie nur, wenn das Ganze nichts anderes wäre als Dekorationen von Papier und Leinwand.«

Jetzt hatte Sörens junge Frau reichlich Zeit, die Dekorationen von rückwärts anzusehen.

Im Anfang hatte Frau Olsen sie früh und spät besucht und sie mit Ratschlägen und Zurechtweisungen überhäuft. Sowohl Sören wie seine Gattin waren ihrer oft herzlich müde gewesen; aber sie verdankten Olsen's ja so viel!

Doch nach und nach kühlte sich der Eifer der alten Frau ab. Als das Haus der jungen Leute nicht mehr so rein, so ordentlich, so mustergültig war, dass sie auf ihr Werk stolz sein konnte, kam sie immer seltener; und als Sörens Frau ein einziges Mal um Hilfe bat, saß die Frau Hardesvogt auf dem hohen Pferd – dann wandte die junge Frau sich niemals wieder an sie. Aber wenn in einer Gesellschaft das Gespräch auf den Bevollmächtigten des Hardesvogts kam, und jemand sein Mitleid äußerte mit der jungen Frau, die so viele Kinder und so kleine Einkünfte hatte, da nahm Frau Olsen mit voller Kraft das Wort: »Ich kann Sie versichern, dass wenn Marie doppelt so große Einkünfte und gar keine Kinder hätte, so würde sie doch nicht genug haben. Sie ist – sehen Sie!« und dann machte Frau Olsen eine Bewegung mit den Händen, als schüttete sie das Geld nach allen Seiten hin aus.

Marie kam nicht oft in Gesellschaft; und wenn sie dann in ihrem wohl schon zehn Mal geänderten Brautkleide auftrat, war es gewöhnlich, um in einem Winkel mit einer gleichgestellten Hausmutter zu sitzen und ein langweiliges Gespräch über die teuren Zeiten und die unverschämten Dienstmädchen zu führen.

Und die jungen Damen, welche entweder mitten im Zimmer oder in demjenigen Gemache, wo die bequemsten Lehnsessel waren, die jungen Herren um sich versammelt hatten, flüsterten einander zu: »Wie langweilig ist es doch, dass die jungen Frauen immer nur von Haushaltung und Kinderkleidern reden können.«

In der ersten Zeit hatte Marie oft die Besuche ihrer vielen Freundinnen gehabt. Diese waren entzückt über das gemütliche Haus, und der kleine goldgelockte Engel musste förmlich behütet werden vor ihrer gierigen Bewunderung. Wenn es jetzt aber wirklich einmal geschah, dass eine derselben sich zu ihr verirrte, so war die Sache ganz anders. Es gab keinen goldlockigen Engel in weißem, gesticktem Kleide mit rosenroten Seidenbändern mehr vorzuweisen. Die Kinder, welche ohne Vorbereitung nie mehr präsentabel waren, wurden in aller Eile hinausgejagt; hinter ihnen blieb Spielzeug auf der Erde, halbverzehrte Butterbrote und jene eigentümliche Atmosphäre zurück, die man höchstens bei seinen eigenen Kindern ertragen kann.

Tag aus, Tag ein ging ihr Leben in derselben Mühseligkeit hin; oftmals, wenn sie ihren Mann klagen hörte, wie angestrengt er arbeiten müsse, dachte sie mit einer Art von Trotz: »Ich möchte wissen, wer von uns beiden die schwerste Arbeit hat.«

In einer Beziehung war sie glücklicher als ihr Mann. Sie hatte keine Ahnung von Philosophie, und wenn sie sich einen kleinen, ruhigen Augenblick stehlen konnte, um sich in sich selbst zu vertiefen, dann begab sie sich auf ganz andere Wege, als der arme Philosoph.

Sie hatte kein Silberzeug zu putzen, keinen Goldstaat hervorzuholen, um sich damit zu schmücken. Aber im innersten Winkel ihres Herzens hielt sie alle Erinnerungen an das erste Jahr ihrer Ehe, an dieses abenteuerliche Jubeljahr verborgen. Und sie putzte sie – diese Erinnerungen; sie hielt sie so blank, dass sie mit jedem neuen Jahr glänzender wurden.

Aber wenn die müde und vergrämte Hausmutter sich ganz heimlich mit all diesen Herrlichkeiten schmückte, so war es doch nicht so, dass sie einen Glanz über ihr jetziges Leben werfen konnten. Sie war sich kaum mehr eines Zusammenhangs bewusst zwischen dem goldlockigen Engel mit rosenroten Seidenbändern und dem kleinen fünfjährigen Knaben, der in dem dunklen Hofzimmer lag und heulte. – Diese Augenblicke entrückten sie vollständig der Wirklichkeit; es war wie ein Opiumrausch.

Wenn sie dann irgendwo im Hause gerufen wurde oder man ihr eins der Kinder schreiend mit einer großen Beule auf der Stirn von der Straße hereinbrachte, so verbarg sie in aller Eile ihre Schätze und mit ihrem gewöhnlichen Ausdruck hoffnungsloser Müdigkeit ließ sie sich wieder von ihren unzähligen Pflichten und Sorgen erfassen.

So war es mit dieser Ehe gegangen, und so mühten diese Eheleute sich vorwärts. Sie zogen beide an derselben schweren Last; aber zogen sie zusammen?

Es ist traurig, aber es ist wahr: Wenn die Krippe leer ist, beißen sich die Pferdc.

Bei Fräulein Ludvigsen war große Schokolade – – lauter Unverheiratete.

»Denn die verheirateten Damen sind so prosaisch«, sagte das ältere Fräulein Ludvigsen.

»Uf ja!«, rief Louise.

Die Stimmung war animiert, wie sie bei solchen Gelegenheiten und in solcher Gesellschaft stets zu sein pflegt; und indem das Gespräch sich über die ganze Stadt verbreitete, kehrte es endlich auch bei Sören ein. Alle waren darin einig, dass es eine höchst unglückliche Ehe und ein trauriges Haus sei; einige hatten Mitleid, andere tadelten.

Da nahm das ältere Fräulein Ludvigsen mit einer gewissen Feierlichkeit das Wort: »Ich werde euch sagen, was bei dieser Ehe der Fehler war; denn ich kenne die Sache aus dem Grunde. Schon vor ihrer Heirat war da etwas Berechnendes, niedrig Prosaisches in Marie, das der wahren, der echten, der rechten Liebe fremd ist. Das hat sich später noch mehr entwickelt und rächt sich jetzt grausam an beiden. Allerdings haben sie nicht viel zum Leben; aber was bedeutet das für zwei Menschen, die sich in Wahrheit lieben? Es ist doch nicht der Reichtum, der das Glück bedingt. Ist es nicht grade in dem ärmlichen Heim, wo die Liebe ihre Allmacht auf das Schönste beweist? – Und wer kann sie überhaupt arm nennen? Hat unser Herrgott sie nicht reichlich mit gesunden und frischen Kindern gesegnet? Seht – das ist jetzt ihr Reichtum! Und wären ihre Herzen erfüllt gewesen von der wahren, der echten, der rechten Liebe, so – – – so – – –« – –

Hier saß Fräulein Ludvigsen ein wenig fest.

»Was dann?«, fragte eine mutige, junge Dame.

»So« – fuhr Fräulein Ludvigsen mit Hoheit fort, »so würden wir auch gesehen haben, dass ihr Lebensweg sich ganz anders gestaltet hätte.«

Die mutige Dame schämte sich.

Es entstand eine Pause, während welcher Fräulein Ludvigsen's Worte sich in alle Herzen senkten.

Sie fühlten alle, dass dies die Wahrheit sei; alle Unruhe und Zweifel, welche die eine oder die andere vielleicht noch gehegt hatte, schwanden vollständig; und alle wurden bestärkt in ihrem schönen und unerschütterlichen Glauben an die wahre, die echte, die rechte Liebe; denn sie waren alle unverheiratet.

Ballstimmung.

Ohne Unfall, ohne Anstrengung war sie die glatten Marmorstufen emporgestiegen, nur von ihrer großen Schönheit und ihren guten Anlagen getragen. Sie hatte ihren Platz in den Sälen der Reichen und Mächtigen eingenommen, ohne den Zutritt mit ihrer Ehre und ihrem guten Rufe bezahlt zu haben. Und doch konnte niemand sagen, woher sie gekommen; man flüsterte nur, dass sie der Hefe entstiegen.

In einer Vorstadt von Paris hatte sie ihre Kindheit zwischen Armut und Laster hingehungert, ein Leben, von dem nur jene einen Begriff haben, welche es aus Erfahrung kennen. Wir andern, die wir unser Wissen aus Büchern und Erzählungen haben, müssen unsere Fantasie zu Hilfe nehmen, um eine Idee von dem erblichen Jammer in einer großen Stadt zu bekommen; – und doch sind die schrecklichsten Bilder, welche wir uns ausmalen, farblos im Vergleiche zur Wirklichkeit.

Eigentlich war es nur eine Frage der Zeit, wann das Laster sie erfassen würde – wie ein Zahnrad den ergreift, welcher der Maschine zu nahe kommt – um sie, nachdem es sie durch ein kurzes Leben der Schande und Erniedrigung gewirbelt, mit der unerbittlichen Genauigkeit einer Maschine in einen Winkel zu werfen, wo sie ungekannt und unkenntlich dieses Zerrbild eines Menschenlebens hätte beenden können.

Da aber wurde sie, wie es zuweilen geschieht, von einem reichen und hochstehenden Manne »entdeckt«, wie sie als vierzehnjähriges Kind über eine der besseren Pariser Straßen lief. Sie war auf dem Wege nach einem dunklen Hinterzimmer in der *rue des quatre vents*, wo sie bei einer Frau arbeitete, deren Spezialität Ballblumen waren.

Es war nicht nur ihre außerordentliche Schönheit, welche den reichen Mann fesselte, sondern ihre Bewegungen, ihr Wesen, der Ausdruck in diesen halbfertigen Zügen – alles schien ihm darauf hinzudeuten, dass hier ein Kampf zwischen einem ursprünglich guten Charakter und aufkeimender Frechheit gekämpft wurde. Und da er die unberechenbaren Launen des überflüssigen Reichtums besaß, beschloss er, den Versuch zur Rettung des armen Kindes zu machen.

Es war nicht schwer, in ihren Besitz zu gelangen, denn sie gehörte ja niemandem an. Sie bekam einen Namen und wurde in eines der besten Klöster gebracht; und ihr Wohltäter hatte die Freude wahrzunehmen, dass die bösen Keime dahin welkten und verschwanden. Es entwickelte sich ein liebenswürdiger, etwas indolenter Charakter, ein ruhiges, tadelloses Benehmen und eine seltene Schönheit. Als sie erwachsen war, heiratete er sie. Sie führten eine gute und friedliche Ehe. Ungeachtet des großen Unterschiedes im Alter hatte er ein unbegrenztes Vertrauen zu ihr und sie verdiente es.

In Frankreich leben die Eheleute nicht so eng verbunden miteinander wie bei uns; ihre gegenseitigen Ansprüche sind daher minder groß und ihre Enttäuschungen kleiner. Sie war nicht glücklich, aber zufrieden. Ihr Charakter eignete sich zur Dankbarkeit. Der Reichtum langweilte sie nicht; im Gegenteile – sie freute sich oft kindisch über denselben. Aber das ahnte niemand, denn ihr Wesen war stets sicher und würdig. Man ahnte nur, dass es mit ihrer Herkunft nicht ganz richtig sei; aber da niemand antwortete, hörte man auf zu fragen: Man hat so viel anderes zu denken in Paris.

Ihre Vergangenheit hatte sie vergessen. Sie hatte sie so vergessen, wie wir die Rosen, die seidenen Bänder und die vergilbten Briefe unserer Jugend vergessen, – wir denken niemals an sie. Sie liegen verschlossen in einer Schublade, welche wir niemals öffnen. Und doch – geschieht es einmal, dass wir einen Blick in die heimliche Lade werfen, so merken wir sofort, wenn eine einzige dieser Rosen oder das kleinste Band fehlt. Denn wir erinnern uns an alles so genau: – die Erinnerungen liegen da, ebenso frisch – ebenso süß – und ebenso bitter.

Und so hatte sie ihre Vergangenheit vergessen, eingeschlossen und den Schlüssel von sich geworfen – –. Aber in der Nacht träumte sie zuweilen schreckliche Dinge. Sie fühlte wieder, wie die alte Hexe, bei welcher sie einst gewohnt, sie an den Schultern rüttelte, um sie hinauszujagen in die kalte Morgenluft zu der Frau mit den Ballblumen. Dann fuhr sie im Bette empor und starrte in tödlicher Angst in das Dunkel. Aber gleich darauf fühlte sie die seidene Decke und die weichen Kissen und ihre Finger glitten an den reichen Verzierungen ihres prächtigen Bettes entlang; und während kleine, schläfrige Engelskinder langsam die schwere Traumdecke zur Seite zogen, genoss sie in vollen Zügen dieses eigentümliche, unbeschreibliche Wohlbehagen, welches wir empfinden, wenn wir entdecken, dass ein hässlicher und böser Traum – nur ein Traum war.

In die schwellenden Polster zurückgelehnt, fuhr sie zum Balle beim russischen Botschafter. Je näher man dem Ziele kam, desto langsamer ging die Fahrt, bis der Wagen die feste Queue erreichte, wo es nur noch Schritt für Schritt ging. Auf dem großen Platze vor dem Hotel, welches reich mit Gas und Fackeln erleuchtet war, hatte sich eine große Volksmenge gesammelt. Nicht nur Spaziergänger standen dort, sondern hauptsächlich Arbeiter, Müßiggänger, arme Weiber und zweifelhafte Damen standen fest zusammengedrängt zu beiden Seiten der Wagenreihe. Lustige Bemerkungen und unfeine Witze im urwüchsigsten Pariser Jargon hagelten auf die vornehmen Leute nieder. Sie hörte Worte, welche sie seit langen Jahren nicht gehört, und sie errötete bei dem Gedanken, dass sie vielleicht die Einzige in der ganzen langen Wagenreihe, welche diese gemeinen Ausdrücke der Hefe von Paris verstand. Sie begann die Gesichter um sich herum zu betrachten; ihr war, als kenne sie alle. Sie wusste, was sie dachten, was in diesen Köpfen vorging, und nach und nach strömte ein Heer von Erinnerungen auf sie ein. Sie wehrte sich dagegen, so gut sie konnte, aber an diesem Abende kannte sie sich selbst kaum wieder.

Sie hatte also nicht den Schlüssel zu dem verborgenen Fache verloren; widerstrebend zog sie ihn heraus und die Erinnerungen überwältigten sie.

Sie erinnerte sich, wie oft sie selbst – ein halbes Kind – mit gierigen Augen die Damen verschlungen hatte, welche geschmückt zu Ball und Theater fuhren; wie oft hatte sie in bitterm Neid über den Blumen geweint, welche sie mühsam zusammensetzen musste, um Andre damit zu schmücken. Hier sah sie dieselben gierigen Augen, denselben unersättlichen, gehässigen Neid. – Und die dunklen, ernsten Männer, welche mit halb verächtlichem, halb drohendem Blicke die Equipagen musterten – sie kannten sie alle. – Hatte sie nicht selbst als kleines Mädchen in einem Winkel gelegen und mit weit aufgerissenen Augen gelauscht auf ihre Gespräche über die Ungerechtigkeit des Lebens, über die Tyrannei der Reichen, über das Recht der Arbeiter, nach welchem diese nur die Hand auszustrecken brauchten? Sie wusste, dass sie alles hassten – von den wohlgenährten Pferden und dem feierlichen Kutscher an bis zu den glänzenden Wagen; am meisten aber jene, welche darin saßen – jene gierigen Vampire und jene Damen, deren Schmuck und Putz mehr kostete, als die Arbeit eines ganzen Lebens einem von ihnen einbringen konnte. Und während sie die Wagenreihe betrachtete, welche sich langsam durch die Menge zog, tauchte eine andere Erinnerung auf, ein halb vergessenes Bild aus dem Schulleben im Kloster. Sie musste plötzlich an die Erzählung von Pharao denken, welcher mit seinen Streitwagen die Juden durch das Rote Meer verfolgen wollte. Sie sah die Wogen, welche sie sich immer blutrot vorgestellt hatte, wie eine Mauer zu beiden Seiten der Ägypter stehen. Da ertönte Moses' Stimme, er streckte seinen Stab über die Wasser und die Wogen des Roten Meeres verschlangen Pharao und all seine Wagen. Sie wusste, dass die Mauer, welche hier zu beiden Seiten vor ihr stand, wilder und raubgieriger sei als die Wellen des Meeres; sie wusste, dass es nur einer Stimme bedurfte, eines Moses, um dieses Menschenmeer in Bewegung zu setzen, sodass es sich verheerend vorwärts wälzte und mit seinen blutroten Wogen den Glanz des Reichtums und der Macht verschlang.

Ihr Herz klopfte, sie drückte sich bebend in eine Ecke des Wagens. Aber nicht aus Angst, sondern weil die da draußen sie nicht sehen sollten; denn sie schämte sich vor ihnen. Zum ersten Male erschien ihr eignes Glück ihr wie eine Ungerechtigkeit, wie etwas, dessen sie sich schämen musste.

War denn ihr Platz in der schwellenden, eleganten Equipage? Gehörte sie nicht eigentlich hinaus in jene wogende Masse, zwischen die Kinder des Hasses? Halbvergessene Gedanken und Gefühle erhoben ihr Haupt wie Raubtiere, welche lange gefesselt gewesen. Sie fühlte sich fremd und heimatslos in ihrem glänzenden Leben und mit einer Art dämonischer Sehnsucht gedachte sie der entsetzlichen Orte, von welchen sie gekommen war. Sie ergriff ihren kostbaren Spitzenshawl; ein wilder Drang irgendetwas zu zerstören, bemächtigte sich ihrer – da fuhr der Wagen in das Portal des Hôtels.

Der Diener riss den Wagenschlag auf, und mit ihrem wohlwollenden Lächeln, ihrem ruhigen, aristokratischen Anstande stieg sie langsam aus. Ein junges, attachéartiges Wesen stürzte hinzu und war glücklich, als sie seinen Arm annahm, noch mehr entzückt, als er einen ungewöhnlichen Glanz in ihrem Blicke wahrzunehmen glaubte, und im siebenten Himmel, als er ihren Arm erbeben fühlte. Voll Stolz und Hoffnung führte er sie die glatten Marmorstufen hinauf. – – – – –

»Sagen Sie mir doch, schöne Frau, welche gütige Fee hat Ihnen die wunderbare Gabe in die Wiege gelegt, dass in allem, was Sie tun und was Sie angeht, etwas Apartes liegt. Und wenn es nur eine Blume in Ihrem Haar ist, so hat sie einen eigenen Reiz, als hätte der frische Morgentau sie benetzt. Und wenn Sie tanzen, ist es, als beuge und füge der Boden sich Ihren Schritten.«

Der Graf war ganz erstaunt über dies lange und wohlklingende Kompliment; denn es wurde ihm durchaus nicht so leicht, sich zusammenhängend auszudrücken. Er erwartete auch, dass die schöne Frau ihren Beifall aussprechen würde. Aber er täuschte sich. Sie lehnte sich über die Brüstung des Balkons, wo sie nach dem Tanze Kühlung suchten, und starrte hinaus auf die Menge und die noch immer ankommenden Wagen. Sie schien die Bravour des Grafen durchaus nicht aufgefasst zu haben; er hingegen hörte sie das unerklärliche Wort »Pharao« murmeln. Er wollte sich gerade beklagen, als sie sich umwandte, um in den Saal zurückzugehen. Plötzlich blieb sie vor ihm stehen und blickte ihn mit großen, seltsamen Augen an, die dem Grafen ganz fremd erschienen.

»Ich glaube kaum, dass eine gütige Fee an meiner Wiege stand – dass ich überhaupt jemals in einer Wiege lag – Herr Graf! Aber Ihr Scharfsinn hat eine große Entdeckung gemacht in dem, was Sie über meine Blumen und meinen Tanz sagten. Ich will Ihnen das Geheimnis des frischen Morgentaues anvertrauen, welcher die Blumen netzt. Das sind die Tränen, Herr Graf, welche Neid und Schande, Täuschung und Wut darüber geweint haben. Und wenn es Ihnen scheint, dass der Boden sich beugt, während wir tanzen, so ist es, weil er unter dem Neide von Millionen erzittert.« Sie hatte mit ihrer gewöhnlichen Ruhe gesprochen und nach einem freundlichen Gruße verschwand sie im Saale. – –

Der Graf stand wieder ganz bestürzt da. Er warf einen Blick auf die Volksmassen – ein Anblick, den er oft gehabt; er hatte viele schlechte und wenig gute Witze über dieses »vielköpfige Ungeheuer« gemacht. Aber erst heute Abend fiel es ihm ein, dass dies Ungeheuer eigentlich die unheimlichste Umgebung sei, welche man für ein Palais ersinnen könne.

Fremde und lästige Gedanken schwirrten durch das Gehirn des Grafen, wo sie viel Platz fanden. Er war ganz aus dem Gleichgewicht gekommen, während einer ganzen Polka konnte er seine Stimmung nicht wiederfinden.

Ein Mittagsessen.

Beim Großhändler fand ein großes Mittagsessen statt. Der Amtmann hatte eine Rede zu Ehren des heimgekehrten Studenten gehalten – des Hauses ältester Sohn – und der Großhändler hatte mit einer Gesundheit auf den Amtmann geantwortet; so weit war nun alles schön und gut. Und doch konnte man sehen, dass irgendetwas den Hausherrn beunruhigte. Er antwortete verkehrt, goss Rheinwein in Portwein und verriet auf jede Weise, dass sein Geist abwesend war.

Er dachte nämlich über eine Rede nach, eine Rede, die nicht zu den reglementsmäßigen gehörte, und das war etwas sehr Merkwürdiges; denn der Großhändler war kein Redner, und – – was noch merkwürdiger war, er wusste es selbst.

Als er daher fast schon gegen Ende der Mahlzeit an das Glas schlug und sagte, dass er etwas auf dem Herzen habe, was er aussprechen müsse, da merkten sofort alle, dass etwas Ungewöhnliches bevorstand. Es wurde plötzlich so still an der Tafel, dass man das lebhafte Gespräch der Damen hörte, welche nach norwegischer Sitte im anstoßenden Zimmer speisten.

Endlich kam die Stille auch bis zu ihnen und sie drängten sich in der Tür zusammen, um zu hören. Nur die Frau des Hauses hielt sich zurück und warf einen bekümmerten Blick auf ihren Mann. »Ach, mein Gott!«, seufzte sie halblaut, »jetzt wird es ihm gewiss schlecht gehen. Er hat ja all seine Reden schon gehalten; was will er denn jetzt noch!«

Und es fing auch nicht gut an. Der Redner stotterte, räusperte sich und verirrte sich zwischen den gewöhnlichen Redewendungen: »Ich will nicht unterlassen, zu – hm – ich fühle den Drang zu sagen, dass, dass – das heißt, ich wollte Sie bitten, meine Herren, mir behilflich zu sein, damit – – –«

Meine Herren saßen und starrten in ihre Gläser, bereit dieselben bei der geringsten Veranlassung zu leeren. Aber diese Veranlassung kam nicht.

Doch der Redner kam zu sich.

Denn er hatte wirklich etwas auf dem Herzen. Die Freude und der Stolz über den Sohn, der frisch und gesund nach einem glücklichen Examen heimgekehrt war, die schmeichelhafte Rede des Amtmanns, das Essen, der Wein, die festliche Stimmung, – aber vor allen Dingen die ungetrübte Freude über den Erstgeborenen – dies alles legte ihm die Worte in den Mund. Und als er erst über die fatalen Einleitungsphrasen fort war, ging es immer fließender.

Es war ein *skaal* (Gesundheit) für die Jugend. Der Redner verweilte bei der Verantwortung, welche wir den Kindern gegenüber haben, bei den vielen Sorgen, aber auch den vielen Freuden, welche sie den Eltern machen. Er musste zuweilen sehr schnell sprechen, um nicht gerührt zu werden; denn er *fühlte*, was er sagte.

Und als er zu den erwachsenen Kindern kam, als er sich den eigenen, teuren Sohn als Associé im Geschäft, als er an seine Kindeskinder dachte, da bekamen seine Worte einen Schwung von Beredsamkeit, der alle Zuhörer in Erstaunen setzte; und der lebhafteste Beifall begrüßte den Schluss:

»Denn – meine Herren! In diesen Kindern setzen wir gleichsam unser Dasein fort. Wir hinterlassen ihnen nicht nur unsern Namen, sondern auch unsere Arbeit. Und wir hinterlassen ihnen diese, nicht damit sie im Müßiggang deren Früchte genießen, sondern damit sie dieselbe fortsetzen, weiter entwickeln können, ja – um sie besser zu verrichten, als ihre Väter es konnten. Denn das ist unsere Hoffnung, dass die junge Generation sich die Früchte der Arbeit unserer Zeit zueignen möge, dass sie sich von vielen Vorurteilen befreien möge, welche die Vergangenheit und teilweise auch die Gegenwart verdunkeln, und wir wollen wünschen – indem wir die Gesundheit der Jugend trinken – dass diese durch stetes Vorwärtsschreiten ihrer Väter würdig werden, ja – sagen wir es nur! – ihnen über den Kopf wachsen möge.

Und nur, wenn wir wissen, dass wir die Arbeit in tüchtigeren Händen zurücklassen werden, können wir ruhig der Zeit entgegensehen, da wir unser Tagewerk verlassen müssen, und dann dürfen wir fest auf eine lichte und ehrenvolle Zukunft für unser teures Vaterland bauen! *Skaal* für die Jugend!!«

Die Hausfrau, welche näher getreten war, als sie merkte, dass die Sache gut ging, war stolz und gerührt über ihren Mann; die ganze Gesellschaft war in animierter

Stimmung; aber am meisten von allen freute sich doch der Student.

Er hatte gleichsam ein wenig Furcht vor dem Vater gehegt, dessen streng patriarchalische Grundsätze er kannte. Jetzt hörte er ja, dass der Alte höchst liberal gegen die Jugend sei, und er freute sich recht darauf, mit ihm über ernste Dinge sprechen zu können.

Aber vorläufig war nur von Spaß die Rede, indem sich durch die »Gesundheit« veranlasst, eine jener interessanten Tischreden darüber entspann, *wer* denn eigentlich jung und wer alt sei. Endlich war man zu dem witzigen Resultat gekommen, dass die Ältesten in Wirklichkeit die Jüngsten seien, und dann ging man an den Desserttisch, welcher im Damenzimmer gedeckt war.

Aber wie galant die Herren – besonders die aus der alten Schule – auch dem schönen Geschlecht gegenüber sein mögen, so vermag doch weder weibliche Liebenswürdigkeit noch das ausgesuchteste Dessert sie lange auf ihrem Wege nach dem Rauchzimmer aufzuhalten. Und bald verkündete der erste Cigarrenduft, der ein so großer Genuss für die Raucher ist, dass der Prozess begonnen habe.

Der Student und ein paar andere junge Herren verweilten noch einige Zeit bei den jungen Damen – unter strenger Bewachung der älteren; aber nach und nach verloren auch sie sich in der grauen Wolke, welche den Weg bezeichneten, den die Väter gegangen waren.

Hier im Rauchzimmer wurde ein sehr lebhaftes Gespräch über mehre sozialpolitische Gegenstände geführt. Der Hausherr hatte das Wort und stützte seine Auffassung durch etliche »historische Facta«, die indessen ganz unzuverlässig waren.

Sein Gegner – der Obergerichtsanwalt – saß just da und freute sich darauf, diese faktischen Unrichtigkeiten widerlegen zu können, als der Student eintrat.

Er kam noch grade zur rechten Zeit, um den Schnitzer des Vaters zu hören, und in seiner festlichen Stimmung, in seiner Freude über die neue Anschauungsweise des Vaters, welche ihm die Tischrede offenbart hatte, sagte er munter und einfach:

»Nein, entschuldige, Vater! Darin irrst du. Das verhält sich durchaus nicht so – im Gegenteil.«

Weiter kam er nicht, denn der Vater schlug ihn lachend auf die Schulter: »Ei, ei! Willst auch du mit den Zeitungen scherzen! – Du darfst uns übrigens nicht stören, wir führen ein ernsthaftes Gespräch.«

Der Sohn hörte ein hämisches Kichern aus der grauen Wolke; außerdem reizte ihn das Höhnische in der Bemerkung, dass seine Einmischung eine Störung in einem ernsten Gespräch bedeute.

Deshalb gab er eine ziemlich scharfe Antwort.

Der Vater, welcher den Ton des Sohnes sofort empfand, änderte plötzlich den Ausdruck: »Willst du im Ernst kommen und behaupten, dass dein Vater hier steht und Unsinn spricht?«

»Das habe ich nicht gesagt; ich meinte nur, dass du dich irrst – –«

»Wenn du es auch nicht in dürren Worten sagtest, so hast du es gedacht«, sagte der Großhändler, welcher begann, zornig zu werden. Denn er hörte, wie einer der Herren zu seinem Nachbar sagte: »Das hätte ich nur meinem Vater bieten sollen.«

Jetzt gab ein Wort das andere, und die Situation wurde äußerst peinlich.

Die Hausfrau, welche immer mit einem Ohr auf das Gespräch der Herren lauschte, trat schnell in die Tür, als sie die Heftigkeit ihres Gatten hörte:

»Was gibt es? – Adjunkt Hansen!«

»O, Ihr Sohn hat sich ein wenig vergaloppiert«, antwortete dieser.

»Gegen seinen eigenen Vater! Herrgott – er muss zu viel getrunken haben. Lieber Hansen! Sehen Sie zu, dass Sie ihn heraus bekommen!«

Der Adjunkt, der mehr wohlwollend als diplomatisch war, und von dem sein früherer Schüler überdies unendlich viel hielt – eine Sache, die bei alten Lehrern seltener der Fall ist, als man glaubt – ging hin und nahm den Studenten ohne Weiteres unter den Arm: »Komm, wir beiden werden einen Gang durch den Garten machen.«

Der junge Mann wandte sich heftig um; aber als er den alten Lehrer gewahrte und zugleich einen flehenden, bekümmerten Blick von der Mutter auffing, ließ er sich ohne Widerstand fortführen.

In der Tür hörte er den Anwalt, welchen er niemals hatte leiden können, etwas sagen von dem Hühnchen, das die Henne brüten lehren will, ein Witz; der mit stürmischem Gelächter gelohnt wurde. Es durchzuckte ihn; aber der Adjunkt hielt fest, und so kamen sie glücklich hinaus.

Es dauerte lange, bevor der alte Lehrer ihn so weit beruhigen konnte, dass er Vernunftsgründen zugänglich wurde. Die Enttäuschung und das bittere Bewusstsein, mit dem Vater uneins geworden zu sein, nicht minder die Kränkung darüber, in Gegenwart so vieler Männer als Knabe behandelt zu sein – alles dieses musste in ihm austoben.

Aber endlich wurde er ruhig, setzte sich zu seinem alten Freunde und ließ sich von diesem erklären, dass es doch immerhin verletzend für einen ältern Mann sein müsse, sich von einem so jungen Burschen zurecht setzen zu lassen.

»Ja, aber ich hatte recht!«, sagte der Student wohl zum zwanzigsten Mal.

»Gut, gut! Aber trotzdem darfst du dir nicht das Ansehen geben, als wolltest du klüger sein als dein Vater.«

»Mein Vater hat aber doch selbst gesagt, dass er es so haben will!«

»Wie? Was? Wann hat dein Vater das gesagt?« Der Adjunkt fing beinahe an zu glauben, dass der Wein dem jungen Herrn zu Kopf gestiegen sei.

»Bei Tische – in der Rede!«, rief dieser.

»Bei Tische – ja! In der Rede – ja! Aber siehst du, das ist ja eine ganz andere Sache. So etwas lässt sich wohl sagen, – besonders in einer Rede; aber damit ist doch durchaus nicht gemeint, dass es auch in der Praxis durchgeführt werden soll. Nein, glaub' du mir – mein

Junge! Ich bin alt, ich kenne die Menschen! Das muss nun einmal so zugehen in der Welt; wir sind nicht anders. In der Jugend hat man eine eigene Ansicht vom Leben; aber junger Mann! Das ist nicht die rechte. Erst wenn man in vorgerücktem Alter zur Ruhe gekommen ist, sieht man die Dinge in ihrem wahren Lichte. Und – jetzt will ich dir etwas sagen, worauf du dich getrost verlassen kannst. Wenn du erst die Jahre und die Stellung deines Vaters hast, so werden deine Anschauungen dieselben sein wie die seinen, und wie er, wirst auch du dich bestreben, sie deinen Kindern einzuimpfen und einzuprägen.«

»Nein, niemals! Das schwöre ich,« rief der junge Mensch, indem er aufsprang. Und dann sprach er in glühenden Worten darüber, dass für ihn Recht stets Recht bleiben werde! Achtung vor der Wahrheit, welcher Art diese auch immer sein möge! Achtung vor der Jugend! Usw. – kurzum, er sprach wie hoffnungsvolle Jünglinge nach einem guten Diner und einer starken Gemütsbewegung zu reden pflegen. –

Er war schön, wie er so da stand, das Antlitz nach oben gewandt, die Strahlen der Abendsonne auf seinem blonden Haar spielend.

In seiner ganzen Erscheinung, in seinen Worten lag etwas Hinreißendes, Überzeugendes, das nicht verfehlen konnte, Eindruck zu machen; – das heißt, wenn ein anderer als der Adjunkt ihn gesehen und gehört hätte.

Denn auf diesen machte es durchaus gar keinen Eindruck; – er war ja alt.

Das Schauspiel, dessen Zeuge er heute gewesen war, hatte er schon oft gesehen. Er selbst hatte sukzessive beide Hauptrollen gespielt; er hatte viele Debütanten wie den Studenten und viele alte Schauspieler wie den Großhändler gesehen.

Deshalb schüttelte er sein ehrwürdiges Haupt und sagte zu sich selbst:

»Ja, ja, das ist alles recht schön. Aber sieh nur zu; ich behalte doch recht: Der da wird grade so wie wir andern.«

Und der Adjunkt behielt recht.

Zwei Freunde.

Niemand konnte begreifen, woher er das Geld nahm. Aber keiner wunderte sich mehr über das flotte, übermütige Leben, welches Alphonse führte, als sein früherer Freund und Compagnon.

Seitdem sie das Compagniegeschäft aufgehoben, waren die meisten Kunden und die besten Verbindungen in Charles Hände übergegangen.

Nicht, als ob dieser versucht hätte, seinem früheren Compagnon in den Weg zu treten – – im Gegenteil; aber es kam einfach daher, dass Charles in Wirklichkeit der Tüchtigere von beiden war. Und als Alphonse jetzt auf eigene Hand arbeiten sollte, zeigte es sich bald für jeden, der ihn genauer beobachtete, dass er trotz seiner Geistesgegenwart, seiner Liebenswürdigkeit und seiner gewinnenden Persönlichkeit nicht dazu taugte, an der Spitze eines selbstständigen Geschäfts zu stehen.

Und es gab einen, der ihn genau beobachtete. Charles folgte ihm Schritt für Schritt mit seinen scharfen Augen; jeder Missgriff, jeder Verlust, jede Verschwendung war ihm bis ins kleinste Detail bekannt; – und er wunderte sich nur darüber, dass Alphonse die Sache noch so lange in Gang erhalten konnte.

Sie waren gleichsam miteinander aufgewachsen. Ihre Mütter waren Cousinen, und da die beiden Familien Nachbarn in derselben Straße waren – ein Umstand, der in einer Stadt wie Paris ebenso wesentlich für den näheren Verkehr ist, wie ein Verwandtschaftsverhältnis – so wurden die beiden Knaben auch in dieselbe Schule geschickt.

Von jetzt an waren sie während ihrer ganzen Jugendzeit unzertrennlich. Die gegenseitige Zuneigung überwand die großen Verschiedenheiten, die ursprünglich in ihren Charakteren lagen, und schließlich passten ihre Eigenschaften so gut ineinander wie die künstlich ausgeschnittenen Holzstücke, aus denen die Kinder hübsche Bilder zusammensetzen.

Und es bestand wirklich ein so schönes Verhältnis zwischen ihnen, wie es selten zwischen jungen Leuten ist; denn sie fassten die Freundschaft nicht wie die Verpflichtung des einen auf, alles von dem andern zu ertragen; sondern sie schienen vielmehr in gegenseitigen Rücksichten zu wetteifern.

Wenn übrigens Alphonse in seinem Verhältnis zu Charles viel Rücksicht an den Tag legte, so geschah dies, ohne dass er selbst sich dessen bewusst war, und wenn jemand ihm dies gesagt hätte, so würde er wahrscheinlich laut über das missglückte Kompliment gelacht haben.

Denn so wie ihm das Leben im ganzen sehr leicht und bequem erschien, so konnte es ihm auch gar nicht einfallen, sich seinem Freund gegenüber irgendeinen Zwang auferlegen zu müssen. Dass Charles sein bester Freund war, erschien ihm ebenso natürlich, wie dass er selbst am besten tanzte, ritt und schoss; überhaupt schien ihm die ganze Welt aufs Beste geordnet.

Alphonse war eins der allerverwöhntesten Glückskinder; ihm gelang alles ohne Anstrengung; das Dasein passte ihm wie ein eleganter Anzug, und er trug denselben mit so ungezwungener Liebenswürdigkeit, dass die Menschen sogar vergaßen, neidisch zu sein.

Und dann war er so hübsch anzusehen. Er war groß und schlank, mit braunem Haar und großen, offenen Augen, das Gesicht war rein und glatt und seine Zähne glänzten, wenn er lächelte. Er wusste sehr wohl, dass er schön sei; aber da die ganze Welt ihn seit seiner frühsten Jugend verzogen hatte, war seine Eitelkeit so lustiger, gutmütiger Art, dass sie niemanden verletzte. Er hielt außerordentlich viel von seinem Freunde; er unterhielt sich und zuweilen auch andere damit, ihn zu necken und sich über ihn lustig zu machen; aber er kannte Charles Angesicht so genau, dass er sofort merkte, wenn er im Scherz zu weit ging; dann schlug er wieder in seinen natürlichen, gutmütigen Ton um und brachte den ernsten, etwas schwerfälligen Charles dahin, sich halb tot zu lachen.

Seit seinen Kinderjahren hatte Charles eine unbegrenzte Bewunderung für Alphonse gehegt. Er selbst war klein und unansehnlich, still und zaghaft. Die glänzenden Eigenschaften seines Freundes warfen auch auf ihn ihren Glanz und gaben seinem Leben einen gewissen Schwung.

Die Mutter sagte oft: »Diese Freundschaft zwischen den Knaben ist ein wahres Glück für meinen armen Charles, sonst würde er gewiss ganz schwermütig.«

Wenn Alphonse bei jeder Gelegenheit vorgezogen wurde, so freute Charles sich; er war stolz auf seinen Freund. Er schrieb ihm die Aufsätze, flüsterte ihm bei der Prüfung zu, bat für ihn bei den Lehrern und schlug sich für ihn mit den Knaben.

Auf der Handelsakademie ging es ebenso. Charles arbeitete für Alphonse, und Alphonse lohnte mit seiner unermüdlichen Liebenswürdigkeit und seinem unerschöpflichen Humor.

Wie sie dann später als ganz junge Leute in demselben Bankhause angestellt waren, geschah es eines Tages, dass der Prinzipal zu Charles sagte: »Vom ersten Mai an erhöhe ich Ihre Gage.«

»Ich danke Ihnen«, antwortete Charles, »sowohl für mich wie für meinen Freund.«

»Monsieur Alphonse' Gage bleibt unverändert,« antwortete der Chef und schrieb weiter.

Diesen Vormittag vergaß Charles niemals. Es war das erste Mal, dass er begünstigt und seinem Freunde vorgezogen wurde. Und noch dazu in Bezug auf merkantile Tüchtigkeit, in diesem Punkte, der ihm als jungen

Kaufmann am höchsten galt – hatte er den Vorzug bekommen, und es war der Chef des Hauses, der große Bankier, der ihm persönlich diese Anerkennung zuteil werden ließ.

Was er fühlte, war ihm so fremd, dass es ihm beinahe wie ein Unrecht gegen den Freund erschien. Er erzählte Alphonse nichts von dieser Begebenheit; hingegen schlug er ihm vor, sich zusammen mit ihm um zwei erledigte Stellen im »*Crédit lyonnais*« zu bewerben.

Alphonse willigte sofort ein. Denn er liebte die Veränderung, und das prachtvolle, neue Banketablissement am Boulevard, schien ihm viel anziehender als die dunklen Bureaus in der *Rue Bergère*. Am ersten Mai gingen sie also zum *Crédit lyonnais* über. Als sie aber im Comptoir des Chefs waren, um Abschied zu nehmen, sagte der alte Bankier leise zu Charles, als Alphonse schon hinaus gegangen war (Alphonse ging stets vorauf): »Sentimentalität taugt nicht für einen Geschäftsmann.«

Von diesem Tage an ging eine Veränderung mit Charles vor. Er arbeitete nicht nur fleißig und gewissenhaft wie zuvor, sondern er entwickelte eine Energie und eine so erstaunliche Arbeitskraft, dass er bald die Aufmerksamkeit seiner Vorgesetzten auf sich zog. Dass er seinem Freund in Geschäftstüchtigkeit weit überlegen war, kam bald an den Tag; aber jedes Mal, wenn er einen neuen Anerkennungsbeweis erhielt, hatte er einen Kampf mit sich selbst zu bestehen. Jede Beförderung hatte noch lange einen kleinen Beigeschmack von schlechtem Gewissen, und doch arbeitete er mit rastlosem Eifer vorwärts.

Eines Tages sagte Alphonse in seiner leichten, offenherzigen Weise: »Du bist doch ein geschickter Bursche – Charlie! Du überholst Alte und Junge – von mir selbst gar nicht zu reden! – ich bin sehr stolz auf dich!«

Charles schämte sich förmlich. Er glaubte, dass Alphonse verletzt sein würde, sich so beiseitegesetzt zu sehen, und jetzt musste er erfahren, dass der Freund ihm nicht nur den Vorrang einräumte, sondern auch noch stolz auf ihn war. Nach und nach beruhigten seine Sinne sich wieder, und seine solide Arbeit wurde mehr und mehr gewürdigt.

Aber wenn er nun in Wirklichkeit der Tüchtigste war, wie hing es dann zusammen, dass er im täglichen Leben so ganz und gar übersehen wurde, während Alphonse der Liebling Aller war! Selbst die Beförderungen und Anerkennungsbeweise, welche er sich durch angestrengte Arbeit erkämpfte, wurden ihm in so trockener, geschäftsmäßiger Weise gezollt, während alle Welt, vom Direktor an bis zu den Bankdienern herab ein freundliches Wort und einen muntern Gruß für Alphonse hatte.

In den verschiedenen Bureaus und Abteilungen der Bank wurden förmliche Intrigen gesponnen, um in den Besitz von Monsieur Alphonse zu gelangen; denn seine schöne Gestalt und sein fröhlicher Mut führten stets einen frischen Luftzug von Leben und Gesundheit mit sich. Charles dagegen hatte oft empfunden, dass seine Kollegen ihn wie einen trockenen, langweiligen Menschen betrachteten, der nur an sich selbst und sein Geschäft dachte.

Und doch hatte er ein so feinfühliges Herz wie nur wenige; es mangelte ihm nur die Eigenschaft, seinen Gefühlen Ausdruck verleihen zu können.

Charles war einer dieser kleinen, schwarzen Franzosen, deren Bart dicht unter den Augen beginnt; die Gesichtsfarbe war gelblich und das Haar starr und struppig. Seine Augen erweiterten sich nicht, wenn er fröhlich und erregt war, sondern sie fuhren stechend umher. Wenn er lachte, so zogen die Mundwinkel sich nach oben, und manchmal, wenn sein Herz voll Freude und Wohlwollen war, hatte er bemerkt, dass die Menschen sich furchtsam vor seinem abstoßenden Äußern zurückzogen. Der einzige, welcher ihn so gut kannte, dass er seine Hässlichkeit gar nicht mehr zu bemerken schien, war Alphonse; alle anderen missverstanden ihn; er wurde misstrauisch und immer verschlossener und zurückhaltender.

In einem unmerklichen Crescendo wuchs der Gedanke in ihm: Weshalb sollte er denn niemals erreichen, was er am meisten ersehnte – einen freundlichen und herzlichen Umgang und ein Entgegenkommen, wie die Wärme seiner Herzensempfindungen es verdiente. Weshalb lächelte alle Welt Mr. Alphonse mit ausgestreckten Händen entgegen, während er sich mit steifen Verbeugungen und kalten Blicken zufriedengeben musste?

Alphonse merkte gar nichts. Er war froh und gesund, entzückt über das Leben und zufrieden mit dem Geschäft. Man hatte ihn in der leichtesten und unterhaltendsten Branche des Etablissements angestellt, und mit seinem hellen Kopfe und seinem Talent, mit den Menschen verkehren zu können, füllte er seinen Platz vollkommen aus.

Sein Umgangskreis war sehr groß; alle Menschen wussten seine Bekanntschaft zu schätzen und die Männer liebten ihn ebenso sehr wie die Frauen.

Charles suchte im Anfang auch die Kreise auf, welche sich seinem Freunde Alphonse öffneten, bis plötzlich das Misstrauen in ihm erwachte, dass er nur um seines Freundes willen eingeladen werde; dann zog er sich zurück.

Als Charles vorschlug, sich selbstständig miteinander zu etablieren, antwortete Alphonse: »Es ist zu gut von dir, dass du mich wählst. Es könnte dir doch nicht schwer fallen, einen viel tüchtigern Compagnon zu finden als mich.«

Charles hatte gehofft, dass die veränderten Verhältnisse und das nahe Zusammenarbeiten Alphonse aus den Kreisen ziehen würde, welche er jetzt hasste, und dass dieser sich fester an ihn schließen würde. Denn eine unbestimmte Furcht hatte sich seiner bemächtigt, dass er seinen Freund verlieren würde.

Er wusste selbst nicht einmal – und es wäre auch schwer gewesen, das zu entscheiden, ob er eifersüchtig war auf alle Menschen, welche Alphonse umschwärmten, oder ob er seinem Freunde das Glück nicht gönnte, welches dieser überall machte.

Sie begannen ihr Geschäft vorsichtig und energisch, und es ging ihnen gut.

Man fand allgemein, dass sie sich in der glücklichsten Weise ergänzten. Charles repräsentierte das solide, vertrauenerweckende Element, während der schöne, elegante Alphonse der jungen Firma einen gewissen Glanz verlieh, der keinen ganz geringen Wert hatte.

Jeder, der ins Comptoir trat, wurde sofort auf seine stattliche Figur aufmerksam und es ergab sich ganz von selbst, dass jeder sich an ihn wandte.

Charles beugte sich über seine Arbeit und ließ Alphonse das Wort führen. Stellte dieser dann eine Frage an ihn, so antwortete er kurz und leise, ohne aufzusehen.

Deshalb glaubten die meisten, dass Charles ein vertrauter Commis und Alphonse der Chef des Hauses sei.

Als Franzosen dachten sie nicht viel daran sich zu verheiraten; aber als junge Pariser führten sie ein Leben, in welchem die Erotik eine große Rolle spielte.

Alphonse war eigentlich erst in seinem Element, wenn er mit Damen zusammen war. Dann trat seine ganze lustige Liebenswürdigkeit in ihr Recht, und wenn er sich beim Souper hintenüber lehnte und dem Diener sein flaches Champagnerglas hinreichte, war er so schön, wie ein glücklicher Gott.

Er hatte einen Nacken, wie ihn die Frauen gern zu liebkosen pflegen, und sein weiches, halblockiges Haar sah aus, als hätte eine kokette Damenhand es mit Sorgfalt derangiert.

Wie viele feine, weiße Finger hatten mit diesen Locken gespielt! Denn Alphonse besaß nicht nur die Eigenschaft, die Liebe aller Frauen zu erringen; er besaß auch die viel seltenere Gabe, zu machen, dass sie ihm verziehen.

Wenn die Freunde sich in fröhlicher Abendgesellschaft befanden, beachtete Alphonse seinen Freund niemals besonders. Er führte über seine eigenen Liebschaften keine Rechnung – wie viel weniger über die seines Freundes. Deshalb konnte es zuweilen vorkommen, dass eine Schönheit, auf welche Charles ein Auge geworfen hatte, in Alphonse' Hände fiel.

Charles war daran gewöhnt, seinen Freund im Leben vorgezogen zu sehen; aber es gibt doch einzelne Dinge, an welche die Männer sich nur schwer gewöhnen. Er besuchte selten die Soupers mit Alphonse, und es dauerte immer lange, bevor der Wein und die allgemeine Munterkeit ihn in Stimmung brachte.

Aber wenn der Champagner und die schönen Augen ihm erst zu Kopfe gestiegen waren, wurde er gern der Ausgelassenste von allen; dann sang er laut mit seiner harten Stimme, lachte und gestikulierte, bis ihm das schwarze, struppige Haar in die Stirn fiel und die muntern Damen vor ihm flüchteten und ihn den »Schornsteinfeger« nannten.

Wenn die Schildwacht in der belagerten Festung auf und ab geht, so hört sie zuweilen einen wunderlichen Laut in der stillen Nacht, als ob unter ihren Füßen etwas arbeite. Das ist der Feind, der die Außenwerke unterminiert hat, und diese Nacht oder die nächste Nacht wird ein dumpfer Knall ertönen, und bewaffnete Männer werden durch die Bresche hereinstürzen.

Wenn Charles genaue Wacht über sich selbst gehalten hätte, würde er wunderliche Gedanken in seinem Innern pulsieren gehört haben. Aber er wollte nicht hören; er hatte nur ein dunkles Vorgefühl, dass irgendetwas zerspringen müsse.

Und eines Tags zersprang es.

Es war schon nach der Geschäftszeit; das Personal hatte das äußere Comptoir verlassen, und nur die Prinzipale waren noch anwesend.

Charles schrieb eifrig an einem Briefe, den er noch beenden wollte, bevor er ging.

Alphonse hatte schon beide Handschuhe angezogen und zugeknöpft. Dann hatte er seinen Hut gebürstet, bis er glänzte, und jetzt ging er im Bureau auf und nieder und blickte auf Charles' Brief jedes Mal, wenn er am Pulte vorüber ging.

Sie pflegten täglich eine Stunde vor der Mittagszeit in einem Café am großen Boulevard zuzubringen, und Alphonse begann, sich nach seinen Zeitungen zu sehnen.

»Wirst du denn gar nicht fertig mit dem Brief?«, sagte er endlich etwas ärgerlich.

Charles schwieg eine oder zwei Sekunden; aber dann sprang er auf, dass der Stuhl zu Boden fiel: Vielleicht bilde Alphonse sich ein, dass er es besser machen könne? Wisse er denn nicht, wer eigentlich der Tüchtigere im Geschäfte sei? – und jetzt strömten die Worte mit jener unglaublichen Schnelligkeit hervor, welche der französischen Sprache eigen ist, wenn sie in heftiger Leidenschaft gesprochen wird.

Aber es war ein grausamer Sturm; er führte so viele böse Worte, Vorwürfe und Anklagen mit sich – und doch klang es durch das Ganze wie ein unterdrücktes Schluchzen.

Während er im Bureau hin und her lief, mit geballten Händen, das Haar in Unordnung, glich Charles einem kleinen, zotteligen Terrier, der einen feinen italienischen Windhund anbellt. Schließlich griff er nach seinem Hut und lief hinaus.

Alphonse hatte ihn mit großen, verwunderten Augen angesehen. Als er fort war und es im Gemache ruhig wurde, war es als zittere die Luft noch von den heftigen Worten. Jedes einzelne erklang wieder in Alphonse' Ohren, während er unbeweglich am Pulte stand.

Ob er denn nicht wisse, wer der Tüchtigere von beiden sei? – Ja, wahrhaftig! Er hatte ja niemals geleugnet, dass Charles ihm weit überlegen sei.

Er solle nicht glauben, dass er sich mit seinem glatten Gesicht *alles* aneignen könne! – Alphonse war sich nicht bewusst, seinem Freunde jemals etwas geraubt zu haben.

»Ich kümmere mich nicht um deine Kokotten«, hatte Charles gesagt.

Sollte er wirklich ein Interesse für die kleine spanische Tänzerin gehegt haben? – Ja, hätte Alphonse eine Ahnung davon gehabt, so würde er sie gewiss nicht angesehen haben. Aber das war doch auch nichts, um darüber so außer sich zu geraten; es gab ja Frauenzimmer genug in Paris.

Und dann schließlich: »Morgen im Tage heben wir die Kompanieschaft auf.«

Alphonse konnte das Ganze nicht begreifen. Er verließ das Comptoir und ging grübelnd in den Straßen auf und ab, bis er einen Bekannten traf. Dann kam er auf andere Gedanken; aber während des ganzen Tages hatte er die Empfindung, als laure etwas Schweres, Unheimliches auf ihn, das ihn packen würde, sobald er allein sei.

Als er spät in der Nacht nach Hause kam, fand er einen Brief von Charles. Er öffnete ihn schnell. Aber anstatt der erwarteten Entschuldigung enthielt er nur in kalten Worten eine Aufforderung an Mr. Alphonse früh am andern Morgen im Comptoir einzutreffen, »damit die besprochene Trennung der Firma so schnell wie möglich ins Werk gesetzt werden könne.«

Erst jetzt begann Alphonse zu begreifen, dass die Scene im Comptoir mehr als ein Ausbruch von vorübergehender Heftigkeit gewesen; aber dadurch wurde ihm die Sache noch unerklärlicher.

Und je länger er darüber nachdachte, desto ungerechter schien es ihm, dass Charles gegen ihn gewesen sei. Er war niemals böse auf seinen Freund gewesen und er war es auch jetzt noch nicht einmal. Aber indem er sich alle die Beleidigungen, welche Charles gegen ihn ausgestoßen hatte, ins Gedächtnis zurückrief, verhärtete sich sein gutmütiges Herz; und am nächsten Morgen nahm er schweigend seinen Platz nach einem kalten »guten Tag« ein.

Obgleich er eine ganze Stunde früher als gewöhnlich kam, konnte er doch merken, dass Charles schon lange und fleißig gearbeitet hatte. Sie saßen jetzt an jeder Seite des Pultes; sie sprachen kaum die notwendigsten Worte;

ein oder das andere Papier ging von Hand zu Hand, aber sie sahen sich nicht mehr in die Augen.

So arbeiteten sie beide – der eine eifriger als der andere – bis zwölf Uhr, ihre gewöhnliche Frühstückszeit.

Diese Frühstücksstunde war ihre Lieblingszeit. Sie ließen diese Mahlzeit immer im Comptoir servieren, und in demselben Augenblick, wo die alte Frau, welche die Reinigung des Comptoirs und das Frühstück der Prinzipale zu besorgen hatte, meldete, dass das Dejeuner fertig sei, standen beide zugleich auf, selbst wenn sie mitten in einem Satz oder einer Berechnung waren.

Sie speisten dann am Kamin stehend oder indem sie in dem warmen, gemütlichen Comptoir auf und ab gingen; Alphonse hatte immer einige pikante Geschichten zu erzählen und Charles lachte; das waren die glücklichsten Stunden für ihn.

Als aber Madame heute ihr freundliches: »*vous êtes servis, Messieurs!*« sagte, blieben beide auf ihren Sitzen. Sie machte große Augen und wiederholte die Worte, indem sie hinausging; aber keiner rührte sich.

Endlich wurde Alphonse hungrig. Er ging an den Tisch, schenkte sich ein Glas Wein ein und verspeiste sein Kotelett. Aber als er nun so mit dem Glase in der Hand da stand und kaute und sich in dem lieben Comptoir umsah, wo sie so manche frohe Stunde miteinander gehabt hatten, und sich dann sagte, dass sie dies alles aufgeben und sich das Leben sauer machen sollten um einer Grille, einer plötzlich aufwallenden Heftigkeit willen, da erschien die Situation ihm plötzlich so verkehrt, dass er sich versucht fühlte, laut auf, zu lachen.

»Hörst du, Charles!«, sagte er mit dem halb ernsten, halb scherzenden Ton, der Charles stets lachen machte, »im Grunde genommen ist es doch wunderlich bekannt zu machen: »Nach freundschaftlichem Übereinkommen ist vom heutigen Tage an die Firma – – –«

»Ich habe gedacht«, sagte Charles ruhig, »dass wir setzen: »nach gegenseitigem Übereinkommen.«

Alphonse lachte nicht mehr; er setzte das Glas auf den Tisch und das Kotelett schmeckte plötzlich bitter.

Er verstand jetzt, dass ihre Freundschaft tot sei; wie und weshalb, das war ihm unklar; aber es schien ihm, dass Charles hart und ungerecht sei. So wurde er noch steifer und kälter als der andere.

Sie arbeiteten zusammen, bis das Geschäft geteilt war, dann trennten sie sich.

Eine geraume Zeit war hingegangen, und die beiden früheren Freunde arbeiteten jeder auf eigene Rechnung in dem großen Paris. Sie trafen sich auf der Börse, aber sie machten niemals Geschäfte miteinander. Charles arbeitete Alphonse niemals entgegen, er wollte ihn nicht ruinieren, er wollte, dass er sich selbst ruinieren solle.

Und es schien, als würde Alphonse hierin den Wunsch seines Freundes erfüllen. Allerdings machte er hier und da ein gutes Geschäft; aber die solide Arbeit, welche er bei Charles gelernt hatte, vergaß er bald. Er begann sein Comptoir zu vernachlässigen und verlor mehre gute Verbindungen.

Er hatte stets Sinn für ein bequemes und luxuriöses Leben gehabt, aber sein Zusammenleben mit dem nüchternen Charles hatte bis jetzt seine flotten Gelüste im Zaune gehalten. Jetzt hingegen wurde sein Leben immer übermütiger; sein Bekanntenkreis erweiterte sich mehr und mehr und er war stets der glänzende und gesuchte Monsieur Alphonse; aber Charles hatte ein wachsames Auge für die wachsende Schuld.

Er ließ Alphonse so genau überwachen, wie es sich überhaupt tun ließ, und da ihre Geschäfte von derselben Art waren, konnte er auf alle Fälle die Einnahmen des andern ungefähr berechnen. Die Ausgaben waren noch leichter zu kontrollieren, und bald entdeckte Charles, dass Alphonse an verschiedenen Stellen beträchtliche Schulden habe.

Er unterhielt einzelne Bekanntschaften, um welche er sich sonst gar nicht gekümmert haben würde, nur weil er durch diese einen Einblick in Alphonse' kostbaren Haushalt und unüberlegte Verschwendung erhielt. Er besuchte dieselben Cafés und Restaurants wie Alphonse, aber zu andern Zeiten wie er; ja, er ließ sogar seine Anzüge bei Alphonse' Schneider arbeiten, weil dieser redselige, kleine Herr ihn mit Klagen darüber unterhielt, dass Monsieur Alphonse niemals seine Rechnungen bezahlte.

Charles dachte oft daran, wie leicht es sein würde, einen Teil der Forderungen an Alphonse aufzukaufen und sie in die Hände eines hartherzigen Wucherers zu bringen. Aber man würde Charles großes Unrecht tun, wenn man glaubte, dass er auch nur einen Augenblick daran dachte, es selbst zu tun. Es war nur ein Gedanke, dem er gern nachhing; er war gleichsam verliebt in Alphonse' Schulden.

Aber es ging so langsam und Charles wurde bleich und fahl, während er umher ging und wartete.

Er wartete auf den Augenblick, wo allen diesen Menschen, welche ihn stets übersehen hatten, die Augen aufgehen und sie sehen würden, wie wenig dieser glänzende und vergötterte Alphonse in Wirklichkeit taugte. Er wollte ihn gedemütigt, von seinen Freunden verlassen, einsam und arm sehen, und dann – – – – –

Ja, weiter konnte er nicht denken; denn bei diesem Punkt angekommen, rührten sich stets Gefühle in ihm, mit denen er nichts mehr zu tun haben wollte.

Er *wollte* seinen früheren Freund hassen, er wollte Rache üben für all die Kälte und Zurücksetzung, die ihm während seines ganzen Lebens zu Teil geworden war; und sobald irgendein kleiner Gedanke Alphonse' Verteidigung versuchte, schob er diesen bei Seite und sagte wie der alte Bankier: »Sentimentalität taugt nicht für einen Geschäftsmann.«

Eines Tages ging er zu seinem Schneider; im Grunde genommen brauchte er während dieser Zeit mehr Kleider als unumgänglich nötig gewesen wäre.

Der kleine, behände Mann lief ihm gleich mit einer Rolle Zeug entgegen: »Sehen Sie, hier ist ein prächtiger Stoff für Sie. Monsieur Alphonse lässt sich einen ganzen Anzug davon machen – und Monsieur Alphonse ist ein Herr, der sich zu kleiden versteht.«

»Ah, ich glaubte nicht«, sagte Charles ein wenig überrascht, dass Monsieur Alphonse zu Ihren besten Kunden gehöre.«

»O mein Gott«, rief der kleine Schneider, »Sie meinen, weil ich ein paar Mal davon gesprochen habe, dass Monsieur Alphonse mir ein paar Tausend Franken schuldete? Es war dumm genug von mir, derartige Äußerungen zu machen. Monsieur Alphonse hat nicht allein mir die Kleinigkeit gezahlt, welche ich zugute hatte, sondern ich weiß auch, dass er eine Menge anderer Kreditoren, welche ich kenne, befriedigt hat. Ich habe dem lieben, hübschen Herrn sehr Unrecht getan, und ich bitte Sie inständigst, von meiner Dummheit keinen Gebrauch zu machen.«

Charles hörte nichts mehr, was der redselige Schneider plauderte. Er verließ bald den Laden und ging die Straße hinauf, nur mit dem einen Gedanken beschäftigt, dass Alphonse bezahlt habe.

Er dachte daran, wie jämmerlich es im Grunde war, dass er so umher ging und auf den Ruin des andern wartete. Wie leicht konnte der kluge und glückliche Alphonse nicht manches glänzende Geschäft machen und viel Geld verdienen, ohne dass Charles ein Wort davon erfuhr. Vielleicht, wenn eins zum andern kam, ging es ihm gut; vielleicht endigte es noch damit, dass die Leute sagten: »Seht, erst jetzt zeigt es sich, wozu Mr. Alphonse taugt, nachdem er seinen schwerfälligen, griesgrämigen Compagnon los geworden ist!«

Mit gesenktem Kopf ging Charles langsam die Straße hinauf; er bekam manchen Puff, aber er bemerkte es nicht. Es schien ihm, dass sein Leben so inhaltlos sei; es war, als habe er alles verloren, das er nicht besessen – oder hatte er selbst es von sich geworfen? Da bekam er einen mehr als gewöhnlich starken Puff. Er blickte auf;

es war ein Bekannter aus der Zeit, als er und Alphonse noch im *Crédit lyonnais* angestellt waren.

»Ich, sehen Sie doch, guten Tag, Monsieur Charles!«, rief dieser, »lange her, seitdem wir uns gesehen haben. Und wunderlich genug, dass ich Sie grade heute treffe. Habe den ganzen Vormittag an Sie gedacht.«

»Aus welcher Veranlassung, wenn ich fragen darf?«, fragte Charles zerstreut.

»Ja, sehen Sie! Sah grade heute oben in der Bank ein Papier – einen Wechsel von 30 - 40 000 Franken, der Ihren und Mr. Alphonse' Namen trug. Wunderte mich. Glaubte, dass die Herren – hm! – mit einander fertig seien.«

»Nein – wir sind noch nicht *ganz* fertig miteinander«, sagte Charles langsam.

Er bestrebte sich mit aller Macht, seine Züge zu beherrschen, und dann fragte er in möglichst ruhigem Tone: »Wann ist der Wechsel fällig? – ich erinnere mich wahrhaftig nicht genau.«

»Morgen oder übermorgen – glaube ich«, antwortete der andere, der ein eifriger Geschäftsmann und schon im Begriff war, sich zu verabschieden, – »es war Mr. Alphonse' Accept.«

»Das weiß ich«, sagte Charles, »aber könnten Sie es nicht so einrichten, dass ich den Wechsel schon morgen zur Einlösung bekäme? Es ist eine Höflichkeit – ein Entgegenkommen, das ich gern erzeigen möchte – –«

»Mit Vergnügen! Lassen Sie Ihren Diener mich morgen Nachmittag persönlich in der Bank aufsuchen. Ich werde das Ganze arrangieren – nichts leichter als das! Entschuldigen Sie! Habe Eile! Leben Sie wohl!« – und damit lief er weiter.

Am nächsten Tage saß Charles im Comptoir und wartete auf den Bureaudiener, welchen er in die Bank geschickt hatte, um Alphonse' Accept einzulösen.

Endlich trat ein Commis ein und legte ein zusammengelegtes, blaues Papier vor den Prinzipal. Dann ging er wieder.

Erst nachdem die Tür wieder geschlossen war, griff Charles nach dem Wechsel, sah sich hastig im Gemache um und öffnete ihn dann. Er starrte ein paar Sekunden auf seinen Namen, dann lehnte er sich in den Stuhl zurück und atmete tief auf. Es war, wie er gedacht hatte. Die Unterschrift war gefälscht.

Er beugte sich wieder vorüber. Lange saß er und betrachtete seinen eigenen Namen, er bemerkte, wie schlecht er gefälscht war.

Während seine scharfen Augen jede Linie in dem Namenszug verfolgten, dachte er an garnichts. Sein Gemüt befand sich in einer so furchtbaren Erregung, und so seltsam verwirrt waren seine Empfindungen, dass es lange dauerte, bevor er sich klar darüber ward, wie viel diese unsicheren Schriftzüge auf dem blauen Papier bedeuteten.

Bevor er es selbst wusste, fiel eine große Träne auf das Papier.

Hastig blickte er um sich; dann nahm er sein Taschentuch und trocknete sorgsam den nassen Fleck vom Papier. Er musste wieder an den alten Bankier in der *Rue Bergère* denken.

Was ging es ihn denn eigentlich an, dass Alphonse' schwacher Charakter ihn endlich zum Verbrecher gemacht hatte? Und was hatte er verloren? Nichts. Denn er hasste ja seinen früheren Freund. Niemand konnte ihm die Schuld beimessen, dass Alphonse zugrunde gegangen war; er hatte ja ehrlich gehandelt und ihm niemals geschadet.

So dachte er an Alphonse. Er kannte ihn gut genug, um zu wissen, dass wenn der seine, reine Alphonse *so* tief gesunken war, er an dem Rande des Lebens angekommen sein müsse, fertig, mit einem Satz aus demselben zu scheiden, bevor die Schande ihn erreichen konnte.

Bei diesem Gedanken fuhr Charles empor. Das durfte nicht geschehen. Alphonse sollte nicht Zeit finden, sich eine Kugel durch den Kopf zu jagen und seine Schande in der Mischung von Grauen und Mitleid zu verbergen, welche stets einem Selbstmörder folgt. Denn sonst würde er ja nicht Rache nehmen können; dann wäre es ja umsonst gewesen, dass er umher gegangen war und seinen Hass genährt hatte, bis er schlecht dabei geworden war. Hatte er seinen Freund für immer verloren, so wollte er jetzt auf jeden Fall seinen Feind bloßstellen; so sollten alle Menschen sehen, welch ein elender, verächtlicher Kerl er war, dieser bezaubernde Alphonse.

Er sah auf die Uhr. Es war halb fünf. Charles wusste, in welchem Café er Alphonse um diese Zeit treffen könne; er steckte den Wechsel zu sich und knöpfte den Rock zu.

Aber auf dem Wege dorthin wollte er noch in ein Polizeibureau eintreten, einem Civilbeamten den Wechsel übergeben, und dann sollte dieser auf ein Zeichen von Charles mitten in das Café treten, wo Alphonse stets von seinen Freunden und Bewunderern umgeben war, und laut und deutlich und für jedes Ohr vernehmbar sagen:

»Monsieur Alphonse! Sie sind des Betruges angeklagt.«
Regenwetter in Paris! Den ganzen Tag war es nebelig und graukalt gewesen; aber im Laufe des Nachmittags hatte es angefangen zu regnen. Es war kein Gussregen; das Wasser entströmte nicht in ordentlichen Tropfen den Wolken; nein, es schien vielmehr, als hätten die Wolken selbst sich in die Straßen von Paris gelegt und verwandelten sich dort langsam zu Wasser.

Wie man sich auch zu schützen suchte, man wurde doch von allen Seiten nass. Die Feuchtigkeit stahl sich in den Nacken hinein, legte sich wie eine nasse Serviette auf die Kniee, drängte sich in die Stiefel und kroch hoch an den Beinkleidern hinauf.

Einzelne sanguinische Damen standen hochaufgeschürzt in den Haustüren und warteten, dass der Regen aufhören solle; andere warteten stundenlang auf den Omnibus. Aber die meisten Männer arbeiteten sich unter ihren Regenschirmen vorwärts; nur wenige waren so vernünftig gewesen, das Ganze aufzugeben; sie hatten die Kragen aufgeschlagen, den Regenschirm unter den Arm geschoben und die Hände in die Taschen gesteckt.

Obgleich es noch früh im Herbst war, so herrschte doch schon um fünf Uhr Halbdunkel. Eine einzelne Gasflamme wurde in den engsten Gassen angezündet und eine oder die andere Boutique versuchte durch die dicke, nasse Luft zu strahlen.

Die Menschen wimmelten wie gewöhnlich in den Straßen, stießen einander vom Trottoir herunter und ruinierten sich gegenseitig ihre Regenschirme. Alle Droschken waren besetzt; sie fuhren vorüber und bespritzten die Fußgänger nach bester Möglichkeit, während das Asphaltpflaster mit seinem zähen Überzug von Schmutz in der matten Beleuchtung erglänzte.

Die Cafés waren überfüllt; die Stammgäste gingen umher und schalten, während die Kellner einander in der Eile fast umrannten. Mitten in der Verwirrung hörte man den kleinen, scharfen Laut der Glocke am Büffet; die *dame du comptoir* rief einen Aufwärter, während ihre ruhigen Augen die Aufsicht über das ganze Café führten. In einem großen Restaurant am Boulevard Sewastopol saß eine Dame am Büffet. Sie war überall wegen ihrer Tüchtigkeit und ihres liebenswürdigen Wesens bekannt.

Sie hatte glänzendes, schwarzes Haar, welches sie trotz der Mode auf der Stirn gescheitelt trug. Ihre Augen waren beinahe schwarz, die Lippen voll, über ihnen ein leiser, dunkler Schatten.

Ihre Figur war noch sehr schön, obgleich sie wohl in aller Stille ihr dreißigstes Jahr überschritten haben konnte, und sie hatte eine kleine, weiche Hand, mit welcher sie die zierlichsten Zahlen in ihr Kassabuch und ab und zu ein kleines Billett schrieb. Madame Virginie konnte sich mit den jungen Laffen, welche das Büffet umstanden, unterhalten und ihre Witze parieren, während sie mit den Aufwärtern Abrechnung hielt und jeden Winkel des großen Saales im Auge hatte.

Eigentlich hübsch war sie nur zwischen fünf und sieben Uhr am Nachmittag – dies war die Zeit, um welche Alphonse regelmäßig das Café besuchte. Dann wichen ihre Augen nicht von ihm, sie bekam frischere Farben, ihr Mund war bereit zu lächeln und in ihren Bewegungen lag etwas Nervöses. Dies war die einzige Tageszeit, wo es ihr geschehen konnte, dass sie eine verkehrte Antwort gab oder einen Rechenfehler machte; dann kicherten die Kellner und stießen einander in die Seite.

Denn man glaubte allgemein, dass sie früher ein Verhältnis mit Alphonse gehabt habe, und einige wollten sogar wissen, dass sie noch seine Geliebte sei.

Sie selbst wusste am besten, wie dies zusammenhing; aber es war unmöglich auf Alphonse böse zu sein. Sie wusste wohl, dass er sich um sie nicht mehr als um zwanzig andere kümmerte, dass sie ihn verloren hatte, ja, dass er eigentlich niemals ihr eigen gewesen. Und doch bettelten ihre Augen um einen freundlichen Blick, und wenn er das Café ohne einen vertraulichen Gruß für sie verließ, so war es als erbleiche sie, und die Kellner sagten zueinander: Seht Madame an – heute Abend ist sie grau.

Dort an den Fenstern war es noch hell genug, um die Zeitungen lesen zu können; ein paar junge Leute unterhielten sich damit, die vorüberströmenden Menschen zu mustern. Wenn man durch die großen Spiegelscheiben all diese eilenden Gestalten ansah, welche in der dicken, nassen Luft aneinander vorüberglitten, so glichen sie Fischen in einem Aquarium. Weiter drinnen im Café und über den Billards war das Gas angezündet. Alphonse ging und spielte mit einigen Freunden.

Er war am Büffet gewesen und hatte Madame Virginie begrüßt, und sie, die schon seit lange bemerkt hatte, wie Monsieur Alphonse täglich bleicher wurde, hatte ihm halb scherzhaft, halb ernsthaft Vorwürfe über sein leichtsinniges Leben gemacht.

Alphonse antwortete mit einem matten Scherz und bat um Absinth.

Wie sie diese leichten Damen von der Oper und vom Ballett hasste, die Monsieur Alphonse Nacht für Nacht an den Spieltisch oder zu endlosen Soupers lockten! Wie krank er während der letzten Wochen aussah! Er war so mager geworden und die großen, milden Augen hatten einen stechenden, unruhigen Blick angenommen. Was würde sie nicht geben, ihn diesem Leben entziehen zu können, das ihn vernichtete; sie sah ihr Bild im Spiegel gegenüber und meinte, dass sie doch hübsch genug sei.

Dann und wann öffnete sich die Tür und ein neuer Gast trat ein, stampfte mit den Füßen und schlug den nassen Regenschirm zusammen. Alle verbeugten sich vor Madame Virginie und fast jeder sagte: »welch ein abscheuliches Wetter!«

Als Charles eintrat, grüßte er kurz und nahm am Kamin Platz.

Alphonse' Augen waren wirklich unruhig geworden; jedes Mal, wenn jemand eintrat, blickte er nach der Tür, und als Charles sich zeigte, verzerrten sich seine Züge und er stieß fehl.

»Monsieur Alphonse spielt heute schlecht«, sagte ein Zuschauer.

Bald darauf trat ein fremder Herr ein. Charles blickte von seiner Zeitung auf und verbeugte sich leicht; der Fremde zog die Augenbrauen ein wenig empor und blickte auf Alphonse.

Dieser ließ die Billardqueue zu Boden fallen.

»Verzeihen Sie, meine Herren, ich bin heute durchaus nicht zum Billardspiel aufgelegt«, sagte er, »erlauben Sie, dass ich aufhöre. – Kellner! Bringen Sie mir eine Flasche Selterwasser und einen Löffel, – ich muss meine Dosis Vichy-Salz nehmen.«

»Sie sollten nicht so viel Vichy-Salz nehmen, Monsieur Alphonse, sondern lieber eine vernünftige Diät halten«, sagte der Doctor, der nicht weit davon saß und Schach spielte.

Alphonse lachte und setzte sich an den Zeitungstisch. Er nahm das *Journal amusant* und begann lustige Bemerkungen über die Illustrationen zu machen. Bald sammelte sich ein kleiner Kreis um ihn, und er war unerschöpflich in pikanten Geschichten und schnurrigen Einfällen.

Und während er mit den anderen lachte, schenkte er sich ein Glas Selterwasser ein und nahm darauf eine kleine Schachtel hervor, auf der mit großen Buchstaben: »Vichy-Salz« geschrieben stand.

Er schüttelte das Pulver in das Glas und rührte es mit dem Löffel um. Vor dem Stuhl auf der Erde lag ein wenig Cigarrenasche; diese schlug er mit dem Taschentuch fort, dann streckte er die Hand nach dem Glase aus.

In demselben Augenblick fühlte er eine Hand auf seinem Arm. Charles hatte sich erhoben und war schnell durch den Saal geschritten; jetzt beugte er sich über Alphonse.

Dieser wandte ihm den Kopf zu, sodass außer Charles niemand sein Gesicht sehen konnte. Erst ließ er die Augen unsicher über die Gestalt seines alten Freundes schweifen; aber dann schlug er sie voll auf, und indem er sie auf Charles heftete, sagte er halblaut: »Charlie!«

Es war lange, lange, seitdem Charles diesen alten Schmeichelnamen gehört hatte. Er starrte in das wohlbekannte Angesicht, und erst jetzt sah er, wie sehr dasselbe sich in der letzten Zeit verändert hatte. Es war ihm, als läse er dort eine traurige Geschichte über sich selbst.

So standen sie ein paar Sekunden, und über Alphonse' Züge glitt ein Ausdruck flehender Hilflosigkeit, den Charles noch so gut aus der Schulzeit kannte, wenn Alphonse im letzten Augenblick atemlos daher gelaufen kam und seinen Aufsatz geschrieben haben wollte.

»Bist du fertig mit dem *Journal amüsant?*«, fragte Charles mit unsicherer Stimme.

»Ja, bitte sehr!«, antwortete Alphonse schnell. Er reichte ihm das Blatt und erfasste zugleich Charles Zeigefinger. Er kniff diesen und flüsterte: »Danke;« dann leerte er das Glas.

Charles ging zu dem fremden Herrn, welcher an der Tür saß und sagte: »Geben Sie mir den Wechsel.«

»Sie brauchen also meinen Beistand nicht?«

»Nein, ich danke.«

»Desto besser«, sagte der Fremde und gab Charles ein zusammengelegtes, blaues Papier; dann bezahlte er seinen Kaffee und ging.

Madame Virginie erhob sich mit einem leisen Schrei: »Alphonse! – o mein Gott! Monsieur Alphonse ist krank!«

Er glitt vom Stuhl herab, die Schultern schoben sich in die Höhe und der Kopf fiel auf die Seite. Er blieb auf dem Fußboden sitzen, den Rücken gegen den Stuhl gestützt.

Unter den zunächst Sitzenden entstand eine Bewegung; der Doctor sprang hinzu und kniete neben ihn hin. Als er Alphonse ins Gesicht blickte, stutzte er ein wenig. Er nahm seine Hand, um den Puls zu fühlen, und beugte sich in demselben Augenblick über das Glas, welches am Rande des Tisches stand.

Mit einer kleinen Handbewegung stieß er an dasselbe, sodass es zu Boden fiel und zerbrach. Dann legte er die Hand des Toten leise hin und band ihm ein Taschentuch um das Kinn.

Jetzt erst verstanden die andern, was geschehen war: »Tot? – ist er tot – Doctor? Monsieur Alphonse tot?«

»Ein Herzschlag«, antwortete der Arzt.

Einer kam mit Wasser gelaufen; ein anderer mit Essig; zwischen Lachen und Scherzen hörte man von dem inneren Billard her die Kugeln karambolieren.

»Stille!«, flüsterte man; »stille,« wurde wiederholt, und die Stille verbreitete sich in immer größeren Kreisen um die Leiche, bis endlich alles ruhig war.

»Kommt und fasst an«, sagte der Doctor.

Der Tote wurde aufgehoben; sie legten ihn auf ein Sofa im Winkel des Zimmers, und die nächsten Gasflammen wurden ausgelöscht.

Madame Virginie stand noch da; sie war kreideweiß im Gesicht und hielt die kleine, weiche Hand gegen die Brust gedrückt. Sie trugen ihn am Büffet vorüber. Der Arzt hatte ihn unter den Rücken gefasst, sodass die Weste hinauf glitt und ein Stück des feinen, weißen Hemdes sichtbar wurde.

Sie folgte mit den Augen jener schlanken, geschmeidigen Gestalt, die sie so gut kannte, und starrte dann unablässig in jenen dunklen Winkel.

Die meisten Gäste entfernten sich leise. Ein paar junge Herren kamen lärmend von der Gasse herein, ein Aufwärter lief ihnen entgegen und sagte ihnen einige Worte. Sie blickten verstohlen nach dem Winkel, knöpften den Rock wieder zu, und tauchten vom neuen in den Nebel hinaus.

Das halbdunkle Café wurde leer; nur die nächsten Freunde des Toten standen in einer Gruppe und flüsterten. Der Arzt sprach mit dem Wirt, der auch dazu gekommen war.

Die Kellner schlichen hin und her, indem sie einen großen Bogen um den dunklen Winkel beschrieben. Einer von ihnen lag auf den Knien und sammelte die Glasscherben auf ein Brett. Er machte seine Arbeit so lautlos wie möglich; aber es war dennoch zu viel Lärm.

»Lass das bis später«, sagte leise der Wirt.

Auf den Kamin gestützt, betrachtete Charles seinen toten Feind. Langsam zerriss er ein zusammengefaltetes, blaues Papier und dachte an seinen Freund.

Die Schlacht bei Waterloo.

1.

Da es nicht nur an und für sich unterhaltend ist, verliebt zu sein, sondern auch mit Schicklichkeit und Brauch übereinstimmt, und da man sich in unseren unschuldigen und moralischen Verhältnissen dieser Liebhaberei umso ruhiger hingeben kann, als man weder durch wachsame Väter noch durch streitlustige Brüder darin gestört wird, – und da man endlich ebenso leicht wieder heraus wie hineinkommen kann in das für uns spezifische Verhältnis, das man Verlobung nennt – (ein Mittelding zwischen Ehe und »Freitisch in einer anständigen Familie«) – so, – ja, so war es gar nicht so wunderlich, dass Vetter Hans sich herzlich unglücklich fühlte. Denn er war nicht im geringsten verliebt.

Lange war er umhergegangen und hatte darauf gewartet, dass es wie ein Raptus über ihn kommen solle; denn nach dem Urteil aller Erfahrenen ist das ja die richtigste Form für die richtige Liebe. Aber da nichts daraus wurde und er nun doch schon ein ganzes Jahr Student war, so sagte er zu sich selbst: die Liebe ist ja eine Lotterie; will man gewinnen, so muss man auch spielen. Man biete dem Glücke die Hand! Wie es in den Annoncen heißt.

Er sah sich also fleißig um und gab genau Acht auf sein Herz. – –

Wie ein Fischer, der die Angelschnur um den Zeigefinger gewickelt hat und auf den leisesten Ruck wartet, – so hielt Hans seinen Atem an jedes Mal, wenn er eine junge Dame sah: ob er nicht bald jenen eigentümlichen Ruck verspüren würde, der – wie bekannt – zu der richtigen Liebe gehört; jenen Ruck, der plötzlich alles Blut zum Herzen strömen lässt, um ebenso so schnell wieder in den Kopf zu fahren und das Gesicht bis in die Haarwurzeln rot zu färben.

Aber es wollte durchaus nicht anbeißen; sein Haar blieb rot bis an die Haarwurzeln, denn Vetter Hans' Haar konnte durchaus nicht braun genannt werden; aber das Gesicht blieb ebenso bleich und ebenso lang.

Der arme Fischer war schon müde, als er eines Tages zur Festung hinüber schlenderte. Er setzte sich auf eine Bank und beobachtete mit verächtlicher Miene einige Soldaten, die in einer abhärtenden Übung begriffen waren: mitten in der Sonne auf einem Bein zu stehen und den Oberkörper zu drehen, um auf beiden Seiten gebraten zu werden.

»Unsinn!«, sagte Vetter Hans und spie aus, »das ist doch ein allzu teurer Spaß für unser kleines Land, sich solche Akrobaten zu halten. Habe ich nicht kürzlich erst gelesen, dass diese sogenannte Armee 1500 Blechdosen mit Schuhwichse braucht, 600 Striegel, 3000 Ellen Goldborten und 8640 Löwenknöpfe! – Es wäre besser, wir sparten an Goldborten und Löwenknöpfen und brauchten unser Geld für die Aufklärung des Volkes,« – sagte Vetter Hans.

Denn auch er war von den modernen Ideen angesteckt worden, die leider auch schon bei uns Eingang finden und unausweichlich damit enden werden, die ganze bestehende Ordnung der Verhältnisse zu stürzen.

»Lebe wohl also, auf Wiedersehen!«, sagte eine Damenstimme hinter ihm.

»Lebe wohl so lange! Mein Kind!« antwortete eine tiefe Männerstimme.

Vetter Hans wandte sich langsam um, denn es war ein heißer Tag. Er gewahrte einen alten Militär in schwarzem, zugeknöpftem Rock, der den Schwertorden auf der linken Seite trug; ein Halstuch, das unglaublich viele Male um den Hals gewickelt war, blank gebürsteten Hut und helle Beinkleider. Der Herr nickte einer jungen Dame zu, welche sich gegen die Stadt hin entfernte, und setzte dann seinen Weg über den Wall fort.

Vetter Hans war gewiss müde, aber dennoch folgten seine Blicke dem davoneilenden, jungen Mädchen. Sie war klein und zierlich, und er bemerkte mit Interesse, dass diese Dame eine der wenigen war, welche mit dem linken Fuße, wenn sie ihn von dem Boden heben, keine kleine Wendung nach innen machen.

Dies war ein großer Vorzug in den Augen des jungen Mannes, denn Vetter Hans war eine dieser feinfühligen, achtsamen Naturen, welche einzig und allein den ganzen Wert einer Frau zu schätzen wissen.

Nach einigen Schritten wandte die Dame sich um; vermutlich wollte sie dem alten Offizier noch einmal zunicken; aber ganz zufällig traf ihr Blick Vetter Hans.

Und nun geschah endlich das, worauf er so lange umsonst gewartet hatte: Es biss an! Sein Blut begann zu toben, ganz wie es sein sollte; ihm verging der Atem, sein Kopf brannte, es lief ihm kalt über den Rücken, seine Hände wurden feucht – kurzum: Alle die Symptome traten ein, die nach der Aussage der Dichter und erfahrenen Prosaisten die wahre, die echte, die rechte Liebe bezeichnen.

Hier war also keine Zeit zu verlieren. Schnell raffte er seine Handschuhe, den Stock und die Studentenkappe, welche er neben sich auf die Bank gelegt hatte, zusammen, und setzte der Dame nach, quer durch die Festung der Stadt zu.

In den großen, verderbten Verhältnissen im Auslande geht so etwas nicht an! Die Verhältnisse sind dort so unrein, dass ein wohlerzogener, junger Mann sich hütet, eine anständige Dame zu verfolgen! Und die wenigen gebildeten Frauen, die man da draußen findet, würden sich es nicht gefallen lassen, einen Herrn hinter sich her laufen zu haben.

Aber in unserer reinen, moralischen Luft sind wir so glücklich der Jugend mehr Freiheit einräumen zu können, grade aufgrund unserer strengen Sittlichkeit.

Deshalb bedachte Vetter Hans sich keinen Augenblick, der Stimme seines Herzens zu folgen; und die junge Dame, welche bald merkte, welches Unglück sie mit dem Blicke angerichtet hatte, der eigentlich dem Alten zugedacht war, empfand im Grunde genommen eine nicht unbehagliche Spannung bei dieser Situation.

Die Vorübergehenden auf der Straße, welche natürlich sofort den Zusammenhang erkannten, (dieser Fall ist nämlich einer der wenigen, wo die Handelnden sich ohne Publikum glauben) schienen im Allgemeinen die Sache höchst amüsant zu finden. Sie drehten sich um und lächelten so versteckt; denn sie wussten ja alle, dass die Sache entweder zu nichts führte und dann war es ja das unschuldigste Plaisir für die Jugend; oder sie führte zu einer Verlobung; – und eine Verlobung ist doch das Reizendste auf der Welt!

Während sie so vorwärtsgingen mit dem gehörigen Abstand zwischen sich, bald auf demselben Trottoir, bald voneinander durch den Fahrweg geschieden, hatte Vetter Hans Zeit genug, sich die Sache zu überlegen.

In Bezug auf das Verliebtsein war er mit sich im Reinen. Die Symptome waren da; er wusste, dass er gefangen sei, gefangen in der wahren, der echten, der rechten Liebe – und er war glücklich darüber. Ja, so glücklich war Vetter Hans, dass er, dem in die Nähe zu kommen sonst nicht recht ratsam war, mit stillem, verbindlichem Lächeln alle die Stöße und Püffe und leisen Flüche und Beleidigungen hinnahm, die notwendigerweise den treffen müssen, der auf einen Punkt vor sich hinstarrend in größter Eile durch eine belebte Straße läuft.

Nein – mit der Liebe war es klar, daran konnte niemand zweifeln. Hingegen versuchte er, sich ihre, der Geliebten, der Himmlischen irdische Verhältnisse auszumalen. Und das war ja auch ziemlich leicht: Sie war mit ihrem alten Vater spazieren gegangen, hatte dann plötzlich entdeckt, dass es über zwölf Uhr sei, sagte in aller Eile: Lebewohl so lange! Und ging nach Hause, um nach dem Mittagessen zu sehen. Denn ohne Zweifel war sie häuslich – das süße Wesen, und gewiss auch mutterlos.

Diese letzte Vermutung entsprang wahrscheinlich dem Schrecken, welchen man nach der Ansicht aller guten Verfasser vor Schwiegermüttern haben soll; aber deshalb war sie nicht weniger sicher. Und nun blieb für Vetter Hans nur noch übrig ausfindig zu machen: erstens, wo sie wohnte, und zweitens, wer sie war, und drittens, wie er ihre Bekanntschaft machen sollte.

Wo sie wohnte, würde er nun bald erfahren, denn sie ging ja nach Hause; wer sie war, wollte er schon im Hofe erfragen; und ihre Bekanntschaft machen – du lieber Gott! Ein paar Schwierigkeiten gibt es bei der wahren Liebe immer zu überwinden!

Aber grade wie die Jagd am besten und lustigsten ging, verschwand das Wild in einer Haustür, und eigentlich war es schon die höchste Zeit, denn um die Wahrheit zu gestehen, war der Jäger schon ein wenig ermattet.

Mit einer gewissen Erleichterung las er Nr. 34 über der Tür, ging dann ein paar Schritte weiter, um einen etwaigen Beobachter sicher irre zu führen, lehnte sich an einen Gaskandelaber und schöpfte Atem.

Es war, wie gesagt, ein warmer Tag, der im Verein mit der heftigen Leidenschaft Hans in starken Schweiß gebracht hatte. Seine Toilette war außerdem derangiert durch den rücksichtslosen Eifer, mit welchem er sich der Jagd hingegeben hatte.

Er musste über sich selbst lächeln, während er so da stand und sich Gesicht und Nacken abtrocknete, seine Krawatte ordnete und seinen Halskragen anfühlte, der an der Sonnenseite ganz weich geworden war. Aber es war ein seliges Lächeln; er war in jener Stimmung, wo man von der Außenwelt nichts sieht und hört, und halblaut sagte er vor sich hin: »Die Liebe duldet alles, sie erträgt alles.«

»Und schwitzt stark!«, sagte ein kleiner, dicker Herr, dessen weiße Weste plötzlich in Vetter Hans' Gesichtskreis auftauchte.

»Ah! – bist du es – Onkel!« sagte er ein wenig flau.

»Gewiss«, antwortete Onkel Fredrik, »ich habe die Sonnenseite verlassen, einzig und allein um dich vor dem Gebratenwerden zu behüten. Komm jetzt mit mir.«

Darauf zog er den Neffen mit sich; aber dieser widerstrebte: »Du Onkel, weißt du, wer in Nr. 34 wohnt?«

»Nein, mein Gott, das weiß ich nicht; aber lass uns nur in den Schatten gehen«, sagte Onkel Fredrik; denn es gab zwei Dinge, die er nicht leiden konnte: Wärme und Lachen; ersteres aufgrund seiner Korpulenz, und das zweite aufgrund dessen, was er selbst »seine apoplektischen Neigungen« nannte.

»Übrigens«, sagte er, als sie auf die kühle Seite der Straße gelangt waren und er den Neffen unter den Arm gefasst hatte, »übrigens weiß ich ja sehr wohl, wer in Nr. 34 wohnt, wenn ich es recht bedenke; – das ist ja der alte Kapitän Schrappe.«

»Kennst du ihn?«, fragte Vetter Hans gespannt.

»Ja, ein wenig; so wie ihn die halbe Stadt von der Festung her kennt, wo er jeden Tag spazieren geht.«

»Ja, grade dort habe auch ich ihn gesehen«, sagte der Neffe eifrig, »welch ein interessanter, alter Mann von Aussehen. Ich hätte große Lust, mit ihm zu sprechen.«

»Der Wunsch kann dir bald erfüllt werden«, antwortete Onkel Fredrik; »du brauchst dich nur irgendwo am Festungswall aufzustellen und Striche in den Sand zu zeichnen, dann kommt er.«

»Kommt er«, sagte Vetter Hans.

»Ja, dann redet er dich an. Aber du musst vorsichtig sein: Er ist gefährlich.«

»Wa – was?«, fragte Vetter Hans.

»Ja, dann redet er dich an. Aber einmal hat er mir beinahe das Leben genommen.«

»Ah!«, sagte Vetter Hans.

»Ja, mit seinen Reden – – verstehst du.«

»O!«, sagte Vetter Hans.

»Er hat nämlich zwei Geschichten«, fuhr Onkel Fredrik fort, »die eine dauert eine gute halbe Stunde und dreht sich um ein Feldmanöver in Schoonen. Die andere hingegen: Die Schlacht bei Waterloo, dauert zuweilen anderthalb bis zwei Stunden; – die habe ich drei Mal gehört,« und der Onkel seufzte tief.

»Aber, sind sie denn so langweilig – diese Geschichten?«, fragte Vetter Hans.

»O – so einmal geht es wohl an«, antwortete Onkel Fredrik, »und solltest du mit dem Kapitän ins Gespräch kommen, so merke dir Folgendes: Kommst du mit der kleinen Geschichte, der aus Schoonen davon, so hast du nichts anderes zu tun, als abwechselnd mit dem Kopf zu nicken oder zu schütteln. Auf dem Operationsfelde selbst findest du dich schon zurecht.«

»Operationsfeld?«, sagte Vetter Hans.

»Ja, du musst nämlich wissen, er zeichnet dir das ganze Manöver im Sande auf; aber es ist leicht zu verstehen, wenn du nur auf A. und B. passt. Nur bei einem Punkte musst du dich hüten, dich zu verplappern.«

»Wird er denn ungeduldig, wenn man ihn nicht versteht?«, fragte Vetter Hans.

»Nein, im Gegenteil! Aber wenn du verrätst, dass du ihm nicht folgst, so fängt er die ganze Geschichte noch einmal an – siehst du! – Der wichtige Punkt im Feldmanöver,« fuhr der Onkel fort, »ist die Bewegung, welche der Kapitän selbst machte, gegen den Befehl des Generals, und welche Freund und Feind in gleich große Verlegenheit brachte. Dieser Geniestreich war – unter uns gesagt – der Grund, weshalb man ihm den Schwertorden geben musste, um ihn dazu zu bewegen, dass er um seinen Abschied einkam. Wenn du also zu diesem Punkt kommst, so musst du heftig nicken und sagen: Natürlich – das einzig Richtige – der Schlüssel der Position –, vergiss nicht: Schlüssel.«

»Schlüssel,« wiederholte Vetter Hans.

»Aber solltest du,« und Onkel Fredrik sah ihn mit antizipiertem Mitleid an, »solltest du mit deiner jugendlichen Sucht nach Abenteuern in die lange, in die Waterloo-Geschichte geraten, so musst du entweder ganz schweigen oder sehr genau aufpassen. Ich habe einmal die Beschreibung anderthalb Mal über mich ergehen lassen müssen, nur weil ich in meinem Eifer, ihm zu beweisen, wie gut ich die Situation verstand, Kellermanns Dragoner anstatt Milhauds Kürassiere vorgehen ließ.«

»Du ließest die Dragoner vorgehen, Onkel?«, fragte Vetter Hans.

»Ja, sieh, das wirst du schon begreifen, wenn du in die lange Geschichte hineingerätst; aber,« setzte der Onkel in feierlichem Ton hinzu, – »hüte dich – – sage ich dir – hüte dich vor Blücher!«

»Blücher?«, fragte Vetter Hans.

»Ja, ja, mehr will ich nicht sagen, – und nun, weshalb gehe ich denn eigentlich hier umher und erzähle von dem alten Original; was in aller Welt willst du von ihm?«

»Geht er jeden Vormittag spazieren?«, fragte Hans.

»Jeden Vormittag von 11 bis 1 Uhr und jeden Nachmittag von 5 bis 7 Uhr. Aber welches Interesse – – –«

»Hat er viele Kinder?«, unterbrach Hans.

»Nur eine Tochter. Aber was zum Teufel – – –«

»Adieu, Onkel, ich muss nach Hause zu meinen Büchern.«

»Warte doch! Kommst du heute Abend nicht mit zu Tante Maren? Ich sollte dich auffordern.«

»Nein danke, ich habe keine Zeit«, rief Hans, der schon einige Schritte weit gegangen war.

»Es ist Damengesellschaft da. Junge Damen!« brüllte Onkel Fredrik, denn er wusste ja nicht, was dem Neffen passiert war.

Aber dieser schüttelte den Kopf mit einer eigentümlichen, energischen Verachtung und verschwand um die Ecke.

»Das war zum Teufel –«, dachte der Onkel; »der Junge ist verrückt oder – ach, jetzt habe ich's! – verliebt! Er stand ja und sprach etwas Dunkles von Liebe, als ich ihn fand – da draußen vor Nr. 34 – und sein Interesse für den alten Schrappe! – Sollte er in Fräulein Betty verliebt sein? – ach nein,« dachte der Onkel, indem er kopfschüttelnd seinen Weg fortsetzte, »so viel Verstand hat er leider nicht.«

2.

An diesem Mittag aß Vetter Hans nicht viel. Verliebte Menschen essen niemals viel, und außerdem aß er die Fleischpasteten nicht gern.

Endlich wurde es fünf Uhr. Er hatte seinen Posten am Wall schon eingenommen; von da aus konnte er den ganzen Festungsplatz übersehen. Richtig: Da kamen der schwarze Rock und die hellen Beinkleider und der blank gebürstete Hut.

Vetter Hans verspürte ein wenig Herzklopfen. Erst glaubte er, es käme daher, dass er sich dieser planmäßigen Hinterlist gegen den ehrbaren Kapitän schäme. Aber bald entdeckte er, dass es der Anblick des Vaters der Geliebten war, der sein Blut in Bewegung brachte.

Hierüber beruhigt, begann er infolge von Onkel Fredriks Anraten Striche und Figuren in den Sand zu zeichnen, während er von Zeit zu Zeit mit Aufmerksamkeit Akershus betrachtete.

Auf der ganzen Festung war es öde und still. Vetter Hans hörte, wie der feste, sichere Schritt des Kapitäns sich näherte; nicht weit von ihm hielt er inne. Er blickte nicht auf. Der Kapitän machte noch einige Schritte und räusperte sich. Hans zog einen langen, tiefsinnigen Strich mit seinem Stock; da konnte der Alte sich nicht länger bemeistern.

»Ei, ei – junger Herr!«, sagte er freundlich und griff an seinen Hut, »nehmen Sie einen Plan unserer Festungswerke auf?«

Hans sah aus, wie einer, der aus tiefen Betrachtungen gerissen wird, und indem er höflich grüßte, antwortete er etwas verwirrt:

»Nein – das ist nur so eine Gewohnheit, die ich habe, um mich zu orientieren, wo ich gehe.«

»Eine ausgezeichnete Gewohnheit, eine ganz ausgezeichnete Gewohnheit«, unterbrach ihn der Kapitän mit Wärme.

»Es stärkt das Erinnerungsvermögen,« schob Vetter Hans ganz bescheiden ein.

»Sehr richtig, sehr richtig – Herr Student!«, antwortete der Kapitän, der an dem schüchternen, jungen Menschen Gefallen zu finden begann.

»Besonders bei komplizierteren Situationen,« fuhr der schüchterne, junge Mensch fort, indem er mit der Fußspitze die Striche verwischte.

»Grade, was ich sagen wollte!«, rief der Kapitän entzückt; »besonders sind nun Zeichnungen und Pläne –

wie Sie sich ja vorstellen können – ganz unentbehrliche Kriegswissenschaften – zum Beispiel ein Schlachtfeld.«

»Ja, sehen Sie, das sind für mich nun allzu verwickelte Dinge«, unterbrach ihn Hans mit einem demütigen Lächeln.

»Sagen Sie das nicht, junger Herr!«, antwortete der wohlwollende Alte, »wenn man eine orientierende Übersicht über das Terrain und die Stellung der Armee hat, so kann sogar eine ganz verwickelte Bataille sehr anschaulich gemacht werden. Sehen Sie jetzt das Terrain hier vor uns an; das könnte uns einen sehr guten Begriff geben – *en miniature* natürlich – – von, zum Beispiel – von der Schlacht bei Waterloo!«

»O Gott, jetzt bin ich in die lange geraten«, dachte Vetter Hans, »aber *never mind*! Ich liebe *sie*.«

»Bitte, nehmen Sie gefälligst hier auf der Bank Platz«, fuhr der Kapitän fort, der sich innerlich über einen so intelligenten Zuhörer freute, »ich will versuchen, Ihnen in kurzen Umrissen ein Bild von dieser schicksalsschwangeren und merkwürdigen Schlacht zu geben, wenn es Sie interessieren kann?«

»Vielen Dank, Herr Kapitän!«, antwortete Vetter Hans, »nichts könnte mich mehr interessieren. Aber ich fürchte nur, dass Sie allzu viel Mühe mit einem armen, unkundigen Civilisten haben werden.«

»Durchaus nicht, das Ganze ist so leicht und einfach, wenn man sich nur vorher auf dem Schlachtfelde orientiert«, versicherte der liebenswürdige, alte Herr, indem er sich Vetter Hans zur Seite setzte und einen prüfenden Blick umher warf.

Während sie so dasaßen, betrachtete, Vetter Hans den Kapitän näher und er musste gestehen, dass Kapitän Schrappe trotz seiner sechzig Jahre noch ein hübscher Mann sei. Er trug die Spitzen seines kurzen, granuliertem Schnurrbartes ein wenig aufgedreht, das gab ihm einen gewissen jugendlichen Schwung. Im Ganzen hatte er viel Ähnlichkeit mit König Oscar dem ersten auf den alten Zwölfschillingstücken.

Und als er nun aufstand und seine Erklärung begann, war Vetter Hans durchaus mit sich im Reinen darüber, dass er allen Grund habe, mit dem Äußern seines künftigen Schwiegervaters zufrieden zu sein.

Der Kapitän stellte sich einige Schritte von der Bank entfernt an der Ecke des Walles auf und zeigte mit dem Stocke um sich. Vetter Hans folgte ihm genau und gab sich die allergrößte Mühe, seinem künftigen Schwiegervater angenehm zu sein.

»Wollen Sie sich also jetzt vorstellen, dass ich am Pachthofe Belle-Alliance stehe, wo der Kaiser sein Hauptquartier hat, und gegen Norden – zwei Meilen von Waterloo – haben wir Brüssel – also ungefähr dort an der Ecke des Turnsaals.

Da der Weg – am Walle entlang – ist die Chaussée, welche nach Brüssel führt, und hier« – der Kapitän eilte über die Ebene von Waterloo – »hier im Grase haben wir den Wald von Soignes. Auf dem Landwege nach Brüssel und vor dem Walde stehen jetzt die Engländer; – Sie müssen sich den nördlichsten Teil des Terrains etwas höher denken. Auf Wellingtons linkem Flügel – also gegen Osten – hier im Grase – haben wir das Schloss

Houguemont; das muss markiert werden,« sagte der Kapitän und blickte umher.

Der hilfreiche Vetter Hans fand gleich einen Pflock, der an diesem wichtigen Punkt in die Erde gesteckt wurde.

»Vortrefflich!«, rief der Kapitän, welcher begriff, dass er einen Zuhörer mit Interesse und Einbildungskraft gefunden hatte, »von dieser Seite müssen wir nämlich die Preußen erwarten.«

Vetter Hans bemerkte, dass der Kapitän einen Stein aufnahm und ihn mit geheimnisvoller Miene ins Gras legte.

»Hier bei Houguemont«, fuhr der Alte fort, »begann die Schlacht. Es war Jérôme, der angriff. Er nahm den Wald; aber das Schloss wurde von Wellingtons besten Truppen verteidigt.

Inzwischen wollte Napoleon, der hier bei Belle-Alliance steht, grade dem Marschall Ney die Ordre zum Angriff gegen Wellingtons Zentrum geben, als er Truppenmassen entdeckte, die sich von Osten näherten – hinter der Bank, – dort unten am Baum.«

Vetter Hans blickte umher, er begann, unruhig zu werden: Sollte Blücher schon kommen?

»Blü – Blü –« versuchte er halblaut.

»Es war Bülow«, sagte zum größten Glück der Kapitän, »Bülow, der mit 30 000 Preußen anrückte. Napoleon traf in größter Eile seine Dispositionen, um dem neuen Feinde entgegen zu gehen, indem er durchaus gar keinen Zweifel hegte, dass Grouchy den Preußen auf den Fersen folgte.

Der Kaiser hatte nämlich Tags zuvor den Marschall Grouchy mit dem ganzen rechten Flügel der Armee, circa 50 000 Mann detachiert, um gegen Blücher und Bülow zu marschieren; aber Grouchy – ja, aber das alles kennen Sie ja aus der Weltgeschichte« – unterbrach sich hier der Kapitän.

Vetter Hans nickte beruhigend.

»Ney begann also den Angriff mit seiner gewohnten Unerschrockenheit. Aber die englische Kavallerie stürzte sich auf die Franzosen, durchbrach ihre Reihen und trieb sie zurück mit dem Verlust von zwei Adlern und mehreren Kanonen. Milhaud eilt mit seinen Kürassieren zu Hilfe, und der Kaiser selbst, der die Gefahr erkennt, gibt seinem Pferde die Sporen und fliegt den Abhang von Belle-Alliance hinunter.«

Der Kapitän lief davon und hüpfte wie ein Pferd im Galopp, während er schilderte, wie der Kaiser durch dick und dünn ritt, Ney's Leute in Ordnung brachte und sie zu neuem Angriff anfeuerte.

War es nun, dass ein Stück von einem Dichter in Hans steckte, oder war des Kapitäns Schilderung wirklich so lebendig, oder war es, – ja, das war es gewiss – dass er die Tochter des Kapitäns liebte – genug, Vetter Hans wurde förmlich in die Situation mit hineingerissen.

Er sah nicht mehr einen schnurrigen Kapitän, der umherhüpfte; – nein, er sah durch den Pulverdampf den Kaiser selbst auf dem weißen Pferde, wie wir ihn von den Kupferstichen kennen. Der raste dahin über Graben und Hecken, durch Acker und Gärten, kaum dass seine Suite ihm folgen konnte. Ruhig und kalt saß er im Sattel fest, mit dem halb geöffneten grauen Rocke, den weißen Beinkleidern und dem kleinen Hute. Sein Gesicht drückte weder Müdigkeit noch Spannung aus; glatt und bleich wie Marmor gab es der ganzen Gestalt in der einfachen Uniform auf dem weißen Pferde etwas halb Gespensterhaftes.

So fuhr es dahin, das kleine, blutige Ungeheuer, welches in drei Tagen drei Schlachten geliefert hatte. Alles wich ihm aus, flüchtende Bauern, Truppen, die im Vorrücken begriffen waren, ja, selbst die Verwundeten und Sterbenden schoben sich zur Seite und sahen auf ihn mit einem Gemisch von Schrecken und Bewunderung – als er wie ein kalter Blitz an ihnen vorüber raste.

Kaum zeigte er sich den Soldaten, so war die Ordnung wie von selbst wieder hergestellt; und der unermüdliche, unverzagte Ney konnte sich wieder in den Sattel schwingen und von Neuem den Angriff beginnen. Und diesmal warf er die Engländer zurück und setzte sich in dem Pachthofe La Haie-Sainte fest.

Napoleon hielt wieder bei Belle-Alliance.

»Jetzt kommt also Bülow von Osten her – hier unter der Bank hervor; der Kaiser schickt ihm General Mouton entgegen. Um halb fünf Uhr (die Schlacht hatte um ein Uhr begonnen) versucht Wellington Marschall Ney aus La Haie-Sainte zu vertreiben. Aber dieser, der jetzt einsah, dass alles davon abhing, dass man sich des Terrains vor dem Walde bemächtigte – hier im Sande vor der Graskante,« – der Kapitän warf seinen Handschuh auf die bezeichnete Stelle – »Ney ruft also eine Reservebrigade mit Milhauds Kürassieren zu Hilfe und geht auf den Feind los.

Bald waren seine Leute auf den Höhen, und in der Umgebung des Kaisers rief man schon *»victoire!«*

»Es ist um eine Stunde zu spät«, antwortete Napoleon.

Als er indessen sah, dass Marschall Ney in der neuen Position viel vom Feuer des Feindes zu leiden hatte, beschloss er, ihm zu Hilfe zu eilen und zu gleicher Zeit Wellington zu vernichten. Zur Ausführung dieses Planes wählte er Kellermann's berühmte Dragoner und die schwere Garde-Kavallerie. Jetzt kommt einer der Hauptmomente der Schlacht; Sie müssen hinaus auf die Wahlstatt!«

Hans erhob sich sofort von der Bank und nahm den Posten ein, welchen der Kapitän ihm bezeichnete.

»Jetzt sind Sie Wellington!« Vetter Hans richtete sich auf. – »Sie stehen da auf der Ebene mit dem größten Teile der englischen Infanterie. Hier kommt die ganze französische Kavallerie daher gesaust. Milhaud hat sich mit Kellermann vereinigt; es ist nichts wie eine unabsehbare Menge von Pferden, Panzern, Helmbüschen und blanken Waffen. Umgeben Sie sich mit einem Carré!«

Vetter Hans stand einen Augenblick ratlos; aber endlich verstand er, was der Kapitän meinte: Schnell zog er ein Viereck von tiefen Strichen um sich herum in den Sand.

»Richtig!«, rief der Kapitän strahlend, »jetzt hauen die Franzosen drein; die Reihen werden durchbrochen aber sie schließen sich wieder. Wellington muss sich jeden Augenblick in ein neues Carré einschließen.

Die französischen Reiter schlagen sich wie Löwen: Die stolzen Erinnerungen aus den Feldzügen des Kaisers geben ihnen diesen siegessichern Mut, der seine Armeen unüberwindlich machte; sie schlagen sich für den Sieg, für die Ehre, für die französischen Adler und für den kleinen, kalten Mann, von dem sie wissen, dass er auf der Höhe hinter ihnen hält, der alles sieht und nichts vergisst, dessen Auge jedem einzelnen Manne folgt.

Aber heute haben sie einen Feind, mit dem nicht so leicht fertig zu werden ist. Sie stehen, wo sie stehen, diese Engländer, und wenn sie einen Schritt zurückgedrängt werden, so erobern sie ihn im nächsten Augenblick wieder. Sie haben keine Adler und keinen Kaiser; wenn sie sich schlagen, so denken sie weder an kriegerische Ehren noch an Rache; aber sie denken an ihr Heim. Sein altes England nicht mehr wiedersehen zu sollen, ist der schwerste Gedanke für einen Engländer – doch nein, es gibt etwas, das noch schlimmer ist: Mit Schande beladen heim zu kommen. Und wenn sie daran denken, dass die stolze Flotte, welche nordwärts liegt und auf sie wartet, ihnen den Ehrensalut verweigern könnte, dass *»old England«* seine Söhne verleugnen könnte – da fassen sie das Gewehr fester an, sie vergessen Blut und Wunden; ruhig und ernst, mit zusammengepressten Lippen halten sie ihren Posten und sterben wie Männer.

Zwanzig Mal wurden die Carré's durchbrochen und wieder geschlossen, und 12 000 brave, tapfere Engländer fielen. Vetter Hans konnte begreifen, dass Wellington weinte, als er sagte: »Die Nacht oder Blücher!«

Der Kapitän hatte inzwischen Belle-Alliance verlassen und suchte im Grase hinter der Bank, während er in seiner Beschreibung fortfuhr, die immer lebhafter wurde: »Wellington war nun in Wirklichkeit geschlagen, er musste eine totale Niederlage erleiden, da« – rief der Kapitän mit düsterer Stimme, »da kam *dieser hier!*« Und in demselben Augenblick schleuderte er den Stein, welchen Vetter Hans ihn verstecken gesehen hatte, sodass er auf das Schlachtfeld rollte.

»Jetzt oder niemals«, dachte Vetter Hans.

»Blücher!«, rief er.

»Richtig!« entgegnete der Kapitän, »das ist Blücher, der alte Wehrwolf, der mit seinen Preußen auf die Ebene marschiert kommt.«

Also kam kein Grouchy; Napoleon war seines ganzen rechten Flügels von mehr als 15 000 Mann beraubt. Mit seiner gewohnten Kaltblütigkeit erteilt er die Ordre zu einer großen Frontveränderung.

Aber es war zu spät und die Übermacht zu groß.

Wellington, der durch Blüchers Ankunft in die Lage kam, die Reserve zu brauchen, ließ nun die ganze Armee avancieren. Aber noch einmal wurden die Alliierten zum Stehen gebracht; Marschall Ney, der Löwe des Tages, führte einen rasenden Angriff aus.

»Sehen Sie ihn!«, schrie der Kapitän mit blitzenden Augen.

Und Vetter Hans sah ihn, den abenteuerlichen Helden, Herzog von Elchingen, Prinz von der Moskowa, den Sohn eines Böttchers aus Saarlouis, Marschall und Pair von Frankreich. Er sah ihn vor den Kolonnen daher laufen – fünf Pferde waren ihm unter dem Leibe erschossen

– den Degen in der Hand, die Uniform zerrissen, ohne Hut, mit blutüberströmtem Angesicht.

Und die Kolonnen ordneten sich und stürmten vorwärts; – sie folgten ihrem Fürsten von der Moskowa, dem Retter von der Beresina in den hoffnungslosen Kampf für Kaiser und Frankreich. Wenig ahnten sie, dass Frankreichs König sechs Monate später ihren vergötterten Fürsten als Landesverräter im Luxemburggarten erschießen lassen würde.

Aber er war überall, ordnete und kommandierte, bis es für den Feldherrn nichts mehr zu tun gab; dann brauchte er seinen Säbel wie ein Soldat, bis alles vorbei war und die wilde Flucht ihn mit sich fortriss. Denn die französische Armee flüchtete.

Der Kaiser stürzte sich ins Schlachtgetümmel; aber der entsetzliche Lärm übertönte seine Stimme, und im Halbdunkel erkannte niemand den kleinen Mann auf dem weißen Pferde.

Dann nahm er seinen Posten in einem Carré seiner alten Garde ein, die noch Stand hielt auf dem Schlachtfelde; er wollte sein Leben auf seiner letzten Wahlstatt beschließen. Aber die Generäle scharten sich um ihn, die alten Grenadiere riefen: »Zurück, Sire! Der Tod will Sie nicht!«

Sie wussten ja nicht, dass der Kaiser sein Recht verspielt hatte, als französischer Soldat zu sterben. Halb widerstrebend wurde er mitgerissen, und von seiner eigenen Armee nicht mehr erkannt, ritt er hinein in die dunkle Nacht, nachdem alles verloren war.

»So endigte die Schlacht bei Waterloo«, sagte der Kapitän, indem er sich auf die Bank setzte und sein Halstuch ordnete.

Vetter Hans dachte mit Entrüstung an Onkel Fredrik, der in so überlegenem Ton über Kapitän Schrappe gesprochen hatte. Er war doch eine ganz andere, interessantere Persönlichkeit, als solch ein altes Departementsross wie Onkel Fredrik!

Während er nun umherging und die Handschuhe und andere Kleinigkeiten zusammensuchte, welche die Feldherren in der Hitze des Gefechts auf dem Schlachtfelde zerstreut hatten, um die Positionen zu markieren, stieß er auch auf den alten Blücher. Er nahm ihn auf und betrachtete ihn genau.

Es war ein hartes Stück Granit, knorrig wie Zuckerkandis; es war dem »Marschall Vorwärts« beinahe ähnlich. Mit artiger Verbeugung wandte er sich dann an den Kapitän:

»Erlauben Sie, Herr Kapitän, dass ich diesen Stein aufbewahre. Er wird besser als alles andere in mir die Erinnerung an diese interessante und belehrende Unterhaltung wach erhalten.«

Damit steckte er Blücher in die Rocktasche.

Der Kapitän versicherte, dass es ihm ein wahres Vergnügen gewesen, das Interesse zu beobachten, womit sein junger Freund der Erklärung gefolgt sei. Und das war die reine Wahrheit; er war förmlich entzückt über Vetter Hans.

»Aber setzen Sie sich jetzt, junger Mann; wir bedürfen der Ruhe nach zehnstündigem Kampfe,« setzte er lächelnd hinzu.

Vetter Hans setzte sich auf die Bank und fühlte ängstlich nach seinem Kragen. Wahrend der Mittagszeit hatte er den bezauberndsten umgelegt, welchen er in seinem Besitz hatte. Glücklicherweise hielt er sich noch steif; aber er musste an Wellingtons Worte denken: »Die Nacht oder Blücher!« denn viel länger hielt er nicht mehr Stand.

Es war auch ein Glück, dass die heiße Nachmittagssonne die Spaziergänger vom Walle fernhielt. Sonst hätte sich bald ein ansehnliches Publikum um diese beiden Herren gesammelt, die mit den Armen fochten und umher hüpften und liefen.

Sie hatten nur einen Zuschauer gehabt. Das war die Schildwache, welche an der Ecke des Turnlokals steht.

Der Soldat hatte sich aus Neugierde weiter als erlaubt von seinem Posten entfernt, indem er beinahe 1 ½ Meilen auf der Chaussee von Brüssel nach Waterloo marschiert war. Der Kapitän würde ihm auch längst eine militärische Zurechtweisung erteilt haben, wenn die neugierige »Mannschaft« nicht von großer, strategischer Bedeutung gewesen wäre. Er war nämlich, wo er stand; die ganze Reserve Wellingtons; und jetzt, wo die Schlacht vorbei war, zog er sich in guter Ordnung nordwärts gegen Brüssel zurück und bezog wieder den verlorenen Posten an der Ecke des Turnlokals.

3.

»Und jetzt kommen Sie mit mir und speisen Sie bei uns zu Abend«, sagte der Kapitän. »Mein Haus ist zwar sehr still, aber ich denke, dass ein junger Mann von Ihrem Charakter nichts dagegen hat, einen Abend in einer stillen Familie zuzubringen.«

Vetter Hans' Herz klopfte hörbar vor Freude; er nahm die Einladung in der ihm eigenen bescheidenen Weise an, und bald waren sie auf dem Wege nach Nr. 34.

Wie ihm heute doch alles glückte. Vor nicht gar vielen Stunden hatte er sie zum ersten Male gesehen; und jetzt kam er schon als ein besonderer Günstling des Vaters daher gegangen, um den Abend in ihrer Gesellschaft zuzubringen.

Je mehr er sich Nr. 34 näherte, desto lebendiger stand das bezaubernde Bild von Fräulein Schrappe vor ihm: das blonde, krause Haar, das ihr über die Stirn hing, die schlanke Figur und diese blauen, schelmischen Augen.

Sein Herz klopfte, sodass er kaum sprechen konnte, und als sie die Treppe hinauf stiegen, musste er sich am Geländer halten; sein Glück machte ihn beinahe schwindlig.

Im Zimmer, das ein großes Eckgemach war, fanden sie niemanden. Der Kapitän ging hinaus, um das Fräulein zu suchen und Hans hörte ihn rufen: »Betty«!

Betty! Welch ein reizender Name und wie er für das reizende Wesen passte!

Der glückliche Liebhaber sah schon in Gedanken vor sich, wie hübsch es sein würde, wenn er um die Mittagszeit von der Arbeit heimkehrte und in die Küche hineinrief: »Betty! Ist das Essen fertig?«

In diesem Augenblick trat der Kapitän mit seiner Tochter ein. Sie ging auf Vetter Hans zu, reichte ihm die Hand und hieß ihn herzlich willkommen im Hause.

»Aber,« setzte sie hinzu, »Sie müssen mich entschuldigen, wenn ich gleich wieder davon laufe, denn ich bin mitten in einer Eierspeise, und das ist kein Spaß, glauben Sie mir!«

Damit verschwand sie wieder; der Kapitän zog sich auch zurück, um es sich bequem zu machen, und Vetter Hans war wieder allein.

Die ganze Begegnung hatte kaum einige Sekunden gedauert, und doch schien es Hans, als sei er während dieser Augenblicke viele, viele Klafter tief in einen schwarzen, bodenlosen Abgrund gestürzt. Er klammerte sich mit beiden Händen an einen alten, hohen Lehnstuhl; er konnte weder hören noch denken; aber halb mechanisch wiederholte er unzählige Male: »Das war nicht sie – das war nicht sie!« – –

Nein. Das war nicht »sie«. Die Dame, welche er soeben gesehen hatte und die also das wirkliche Fräulein Schrappe sein musste, hatte durchaus keine blonden, krausen Stirnlöckchen. Sie hatte im Gegenteil dunkles Haar, das an beiden Seiten glatt zurückgestrichen war. Sie hatte keine schelmischen, blauen Augen, sondern ernste, dunkelgraue – kurzum, sie war der Geliebten so unähnlich wie nur möglich.

Nach der ersten Lähmung begann das Blut in Vetter Hans zu kochen; ein wilder Schmerz bemächtigte sich seiner: er raste gegen den Kapitän, gegen Fräulein Schrappe, gegen Onkel Fredrik, und Wellington und die ganze Welt.

Er hätte den großen Spiegel und alle Möbel zertrümmern und dann zum Eckfenster hinaus springen mögen; – dann kam ihm der Gedanke, seine Mütze und den Stock zu nehmen, die Treppe hinunter zu stürzen, das Haus zu verlassen und es niemals wieder zu betreten; – oder – er wollte auf keinen Fall länger hier verweilen, als unumgänglich notwendig.

Dann beruhigte er sich nach und nach, aber eine tiefe Traurigkeit bemächtigte sich seiner. Er hatte den unbeschreiblichen Schmerz einer Täuschung in seiner ersten Liebe erfahren, und als er zufällig sein eigenes Bild im Spiegel erblickte, schüttelte er mitleidig den Kopf.

Umgekleidet und in bester Laune trat der Kapitän wieder ins Zimmer. Er begann ein Gespräch über die Politik des Tages. Es kostete Vetter Hans Mühe nur die kürzesten, allgemeinen Antworten zu geben; es war als wäre das Interessante in Kapitän Schrappe vollständig verdunstet. Und jetzt fiel es Hans auch noch ein, dass der Alte ihm auf dem Heimwege von der Festung das ganze Feldmanöver in Schoonen zum Abendessen versprochen hatte.

»Ich bitte zu Tische«, rief Fräulein Betty und öffnete die Tür zum Speisezimmer, wo schon die Lampe angezündet war.

Vetter Hans musste essen, denn er war hungrig; aber er blickte meistens auf seinen Teller und sprach wenig.

Deshalb führten Vater und Tochter im Anfang das Gespräch. Der Kapitän, welcher glaubte, dass der bescheidene, junge Mensch sich in Fräulein Bettys Nähe beklommen fühle, wollte ihm Zeit lassen, sich zu fassen.

»Warum hast du eigentlich nicht Fräulein Bech für heute Abend eingeladen, da sie doch morgen schon abreisen soll;«, sagte der Alte, »dann hättet ihr unserm Gast vierhändig vorspielen können.«

»Als sie heute Vormittag hier war, bat ich sie zu bleiben, aber sie war schon von andern Bekannten zu einer Abendgesellschaft geladen.«

Vetter Hans spitzte die Ohren; vielleicht war von der Dame vom Vormittag die Rede.

»Ich habe dir ja erzählt, dass sie bei mir auf der Festung war, um Lebewohl zu sagen«, fuhr der Kapitän fort, »armes Mädchen! Es tut mir wirklich leid um sie.«

Es konnte also kein Zweifel mehr sein.

»Entschuldigen Sie – ist die Rede von einer Dame mit lockigem Haar und großen, blauen Augen?«, fragte Vetter Hans.

»Gewiss!«, antwortete der Kapitän, »kennen Sie Fräulein Bech?«

»Nein –«, antwortete Hans, »es fiel mir nur ein, dass es eine Dame sein könnte, die ich ungefähr um zwölf Uhr auf der Festung traf.«

»Ja, das war sie!«, sagte der Kapitän, »ein hübsches Mädchen – nicht wahr?«

»Eine sehr hübsche Dame;«, antwortete Hans mit Überzeugung; – »hat sie irgendeinen Kummer gehabt? Mir scheint, Herr Kapitän sagten – – –«

»Ja, sehen Sie! Sie war mehre Monate verlobt –«

»Neun Wochen« – unterbrach Fräulein Betty.

»Wirklich, du? Nur so kurze Zeit? Nun, meinetwegen. Und nun hat ihr Schatz in den letzten Tagen mit ihr gebrochen. Sie reist deshalb für einige Zeit fort, wie Sie sich vorstellen können; zu Verwandten im Westerland – glaube ich.«

Sie war also verlobt gewesen – allerdings nur neun Wochen; es war aber dennoch ein kleines »Aber«. Doch – Vetter Hans war ein Menschenkenner und so viel hatte er am Vormittag schon bemerkt, dass ihre Gefühle für den davongegangenen Liebsten nicht die rechte Liebe gewesen waren; deshalb sagte er:

»Wenn es wirklich die Dame ist, die ich heute gesehen habe, so schien sie die Sache ziemlich leicht zu nehmen.«

»Das ist's grade, was ich ihr vorwerfe«, antwortete Fräulein Betty.

»Weshalb das?«, fragte Hans etwas spitz, denn ihm gefiel überhaupt die Art und Weise nicht, wie die junge Dame ihre Bemerkungen machte, »wäre es denn besser, wenn sie sich zu Tode grämte?«

»Nein, durchaus nicht«, antwortete Fräulein Schrappe, »aber nach meiner Ansicht hätte sie mehr Charakterstärke bewiesen, wenn das Benehmen ihres Verlobten sie mit mehr Entrüstung erfüllt hätte.«

»Mir hingegen deucht, dass es die größte Charakterstärke zeigt, wenn sie weder Hass noch Bitterkeit hegt; denn die Stärke des Weibes besteht im Verzeihen«, sagte Vetter Hans, der ganz beredt wurde, indem er die Geliebte verteidigte.

Fräulein Betty meinte, dass die Jugend in dieser Beziehung vielleicht etwas vorsichtiger werden würde, wenn die Leute im Allgemeinen sich bei den zahlreichen zurückgegangenen Verlobungen entrüsteter zeigten.

Vetter Hans hingegen meinte, dass wenn einer der Beteiligten auch nur die leiseste Empfindung habe, einen Fehler begangen zu haben, – wenn er einsähe, dass dasjenige, was er für Liebe gehalten, nicht die wahre, die echte, die rechte Liebe sei, – so müsse er sich nicht nur beeilen, die Verlobung zu brechen, sondern es sei auch seine Pflicht, so wie die seiner Umgebung, zu verzeihen, zu entschuldigen und so wenig wie möglich von der Sache zu sprechen, damit diese je eher je besser in Vergessenheit geraten könne.

Fräulein Betty antwortete hastig, sie fände es durchaus nicht in Ordnung, dass junge Menschen sich so »zur Probe« nähmen, und sich inzwischen noch nach der rechten Liebe umsähen.

Diese Bemerkung ärgerte Vetter Hans im höchsten Grade. Aber er hatte nicht mehr Zeit darauf zu antworten, denn in diesem Augenblick erhob der Kapitän sich vom Tische.

Fräulein Schrappe hatte etwas an sich, das er durchaus nicht vertragen konnte, und der Ärger über sie ließ ihn für einen Augenblick die traurige Nachricht vergessen, dass die Geliebte – Fräulein Bech – am nächsten Morgen reisen solle.

Er musste zugeben, dass die Tochter des Kapitäns hübsch, sehr hübsch sei; sie schien sowohl häuslich wie verständig zu sein, und man sah, dass sie den alten Vater mit einer rührenden Sorgfalt pflegte. Und doch sagte Vetter Hans zu sich selbst: Die Arme, die verheiratet sich niemals!

Denn es mangelte ihr diese reizende Hilflosigkeit, die so bezaubernd an einem jungen Mädchen ist; wenn sie sprach, so war es mit einer fast verletzenden Ruhe und Sicherheit. Niemals kam sie mit diesen entzückenden, halb vollendeten Sätzen, wie: »Ja, ich weiß nicht, ob Sie mich verstehen; – so wenige Menschen verstehen mich; – ich weiß nicht, wie ich mich ausdrücken soll; aber ich fühle es so deutlich –,« kurzum, von diesem Unbewussten, Verschleierten, was ja der schönste Schmuck des Weibes ist, fand man bei Fräulein Schrappe nichts.

Außerdem hatte er sie noch im Verdacht »gelehrt« zu sein. Und darin müssen wir doch alle Vetter Hans recht geben, dass wenn ein Weib seine Aufgabe in diesem Leben (die Gattin ihres Mannes zu sein) erfüllen soll, so darf es selbstverständlich keine anderen Kenntnisse haben, als diejenigen, welche der Gatte für wünschenswert hält. Jeder andere Wissensfond bleibt stets eine Mitgift von sehr zweifelhaftem Wert.

Vetter Hans war in der miserabelsten Stimmung. Es war kaum acht Uhr, und es schien ihm, dass er sich vor halb zehn nicht gut verabschieden könne. Der Kapitän hatte sich schon an den Tisch gesetzt und war bereit, das

Feldmanöver zu beginnen. Hier gab es kein Entrinnen mehr, Hans musste sich ihm zur Seite setzen.

Ihm gegenüber saß Fräulein Betty mit einem Buche und einer Näharbeit. Er beugte sich vor und entdeckte, dass es ein Roman der neueren, deutschen Literatur sei.

Es war grade eines jener Werke, welches Hans mit lauten Worten zu rühmen pflegte, wenn er seine modernen Anschauungen mit einem leichten Anflug von Freidenkerei zum Besten gab. Aber dieses Buch hier in den Händen einer Dame zu finden und noch dazu in deutscher Sprache (Hans hatte es in der Übersetzung gelesen) – das fand er im höchsten Grade verletzend.

Als daher Fräulein Betty ihn fragte, ob ihm der Roman gefiele, antwortete er, dass es eines jener Bücher sei, das nur von Männern mit reiferen Ansichten und soliden Grundsätzen gelesen werden sollte, – am wenigsten eigne es sich aber als Lektüre für eine Dame.

Er sah, dass die junge Dame rot wurde und er fühlte selbst, dass er unartig gewesen sei. Aber er war in einer so fatalen Stimmung, und außerdem ärgerte ihn dies kleine, überlegene Fräulein.

Er ärgerte und langweilte sich, und um das Maß seiner Leiden vollzumachen, begann der Kapitän das Korps *B.* »vom Dunkel beschützt« vorrücken zu lassen.

Vetter Hans bemerkte jetzt, wie der Kapitän Zündholzdosen, Federmesser und andere Kleinigkeiten über den Tisch vorrücken ließ. Er nickte ab und zu, aber er hörte durchaus nicht auf die Erklärungen. Er dachte nur an das reizende Fräulein Bech, das er vielleicht niemals wiedersehen sollte, und inzwischen blickte er auch Fräulein Schrappe an und bedauerte, unartig gegen das junge Mädchen gewesen zu sein.

Plötzlich fuhr er empor. Der Kapitän schlug ihn auf die Schulter: »Und diesen Punkt also sollte ich nun besetzen. Was halten Sie davon?«

Da erinnerte Hans sich plötzlich an Onkel Fredriks Rat, und indem er lebhaft nickte, sagte er: »Natürlich – das einzig Richtige! – Schlüssel der Position!«

Der Kapitän fuhr zurück und wurde ernst. Als er aber Vetter Hans' verblüfften Ausdruck gewahrte, bekam seine Gutmütigkeit die Überhand, und lächelnd sagte er:

»Nein – Verehrtester! Darin irren Sie sich gewaltig. Übrigens« – fügte er freundlich lächelnd hinzu, »übrigens ist das ein Irrtum, den Sie mit mehren unserer höchsten Militärautoritäten teilen. Nein, jetzt werde ich Ihnen den Schlüssel der Position zeigen.«

Und nun begann er eine weitläufige Erklärung darüber, wie die Stellung, welche zu besetzen er Ordre bekommen hatte, ohne jegliche strategische Bedeutung gewesen sei. Wie hingegen die Bewegung, welche er auf eigene Hand unternommen, den Feind in die größte Verlegenheit gebracht und das Vorrücken des Korps *B.* um mehre Stunden verzögert habe.

Wie müde und stumpf Vetter Hans auch war, so musste er dennoch das weise Verfahren der Vorgesetzten dem Kapitän gegenüber bewundern, wenn überhaupt etwas Wahres an Onkel Fredriks Geschichte vom Schwertorden war.

Denn wenn das eigenwillige Manöver des Kapitäns in strategischer Hinsicht vielleicht ein genialer Streich war, so gehörte es sich ja, dass er den Schwertorden bekam. Aber auf der andern Seite war es wiederum klar, dass er untauglich für eine Armee wie die unsrige war, wenn er glauben konnte, dass es der Zweck des Feldmanövers gewesen, jemand in Verlegenheit zu bringen oder eine Verspätung zu verursachen. Er musste doch wissen, dass es vielmehr der Zweck war, die beiden feindlichen Armeen mit Bagage und Küchenwagen zur bestimmten Zeit auf der bestimmten Stelle zusammentreffen zu lassen, wo das große Frühstück eingenommen werden sollte.

Während er diesen Gedanken nachhing, kam der Kapitän mit dem Feldmanöver zu Ende.

Er war heute Abend durchaus nicht so zufrieden mit seinem Zuhörer, wie draußen auf der Festung; er war ja so unerklärlich zerstreut!

Es wurde neun Uhr. Da aber Hans es sich in den Kopf gesetzt hatte, bis um halb zehn Uhr auszuhalten, schleppte er sich durch eine der längsten halben Stunden, die er jemals erlebt hatte. Der Kapitän wurde schläfrig, Fräulein Betty antwortete kurz und kalt; Hans musste selbst für die Unterhaltung sorgen – müde, ärgerlich, unglücklich und verliebt, wie er war.

Endlich zeigte der Zeiger beinahe auf halb zehn; er erhob sich, indem er sagte, dass er früh schlafen zu gehen pflege, weil er am besten studieren könne, wenn er um sechs Uhr morgens aufstände.

»Ei, ei«, sagte der Kapitän, »nennen Sie das früh schlafen gehen? Ich lege mich jeden Abend um neun Uhr ins Bett.«

O Enttäuschung auf Enttäuschung! In größter Hast sagte Hans Gute Nacht und lief die Treppe hinunter.

Der Kapitän folgte ihm mit dem Licht und rief ihm freundlich nach: »Gute Nacht! Gute Nacht! Kommen Sie bald wieder.«

»Danke«, rief Hans von unten herauf, aber in seinem stillen Sinne schwor er, dass er niemals wieder seinen Fuß hierher setzen werde.

Als der Alte wieder ins Zimmer trat, fand er die Tochter beschäftigt, die Fenster aufzureißen.

»Was bedeutet das?«, fragte der Kapitän.

»Ich lüfte ihn aus!«, antwortete Fräulein Betty.

»Nun, nun, Betty, du bist allzu strenge. Aber ich muss auch zugeben, dass der junge Mann bei näherer Bekanntschaft verlor. Ich verstehe mich nicht auf die heutige Jugend.«

Damit ging der Kapitän in sein Schlafzimmer, nachdem er an seine Tochter die gewöhnliche Abendermahnung gerichtet hatte: »Sitz nun nicht zu lange mehr auf.«

Als sie allein war, löschte Betty die Lampe aus, stellte die Blumen im Eckfenster zur Seite und setzte sich auf das Fensterbrett, die Füße auf den Stuhl stützend.

In klaren Mondnächten konnte sie zwischen zwei hohen Häusern hindurch einen Streifen vom Fjord erglänzen sehen. Das war nicht viel; aber es war doch ein Schimmer jener großen Straße die gen Süden und in die fremden Länder führt.

Und ihre Sehnsucht und ihre Wünsche flogen davon, sie nahmen denselben Weg, auf dem schon so manchem die Flügel lahm geworden sind; durch den engen Fjord nach Süden hin, wo der Horizont so hoch ist, wo das Herz so groß und weit wird, wo die Gedanken so mutig und stark werden.

Und Fräulein Betty seufzte, indem sie auf den kleinen Streifen des Fjords zwischen den hohen Häusern starrte.

Sie dachte wahrhaftig nicht an Vetter Hans, wie sie so da saß, aber er dachte an Fräulein Schrappe, indem er mit schnellen Schritten die Straße hinauf ging.

Niemals hatte er eine junge Dame gesehen, die weniger nach seinem Geschmack gewesen wäre. Dass er unartig gegen sie gewesen war, machte die Sache nicht besser. Wir sind nicht geneigt, jene Menschen liebenswürdig zu finden, welche die Veranlassung waren, dass wir uns schlecht betragen haben. Es war ihm gleichsam ein Trost, dass er sich immer wiederholen konnte: »Die findet niemals einen Mann.«

Dann wanderten seine Gedanken zu der Geliebten, die morgen reisen sollte. Sein ganzes hartes Schicksal trat ihm vor Augen und er hatte das größte Verlangen, seinen Schmerz einem Freunde anzuvertrauen, der ihn verstehen konnte.

Aber um diese Tageszeit einen Freund in der passenden Stimmung zu finden, hielt nicht so leicht. Onkel Fredrik war eigentlich in vielen Dingen sein Vertrauter; den wollte er aufsuchen.

Da er wusste, dass der Onkel bei Tante Maren sei, begab er sich hinauf gegen das Schloss zu, um ihm zu begegnen, wenn er von Homansby heimkehrte. Er wählte eine der schmalen Alleen zur rechten Hand, wo er wusste, dass der Onkel zu gehen pflegte, und halbwegs die Anhöhe hinauf setzte er sich auf eine Bank, um zu warten.

Es musste ungewöhnlich lustig bei Tante Maren zugehen, wenn Onkel Fredrik es da oben bis nach zehn Uhr aushielt. Endlich sah er hoch oben in der Allee einen kleinen, weißen Punkt; das war Onkels weiße Weste, die näher kam.

Hans erhob sich von der Bank und sagte ernst: »Guten Abend.« Onkel Fredrik liebte es durchaus nicht, einzelnen Mannspersonen in der dunklen Allee zu begegnen; es war ihm also eine große Erleichterung, den Neffen zu erkennen.

»Ah, du bist es nur – Hansemann!«, sagte er freundlich, »auf was wartest du hier denn eigentlich?«

»Ich wartete auf dich!«, antwortete Hans mit dumpfer Stimme.

»Ja so! Fehlt dir irgendetwas? Bist du krank?«

»Frage nicht!«, antwortete Vetter Hans.

Dies wäre zu jeder andern Zeit genug gewesen, einen Hagel von Fragen bei Onkel Fredrik hervorzurufen.

Aber heute Abend war er von seinen eigenen Erlebnissen so in Anspruch genommen, dass er vorläufig das Anliegen des Neffen beiseite schob.

»Warst du aber dumm«, sagte er, »dass du nicht mit mir zu Tante Maren gegangen bist.

Wir haben uns köstlich unterhalten. Weißt du – es war eigentlich eine Art Abschiedsgesellschaft für eine junge Dame, die morgen abreist.«

Eine furchtbare Ahnung durchfuhr Vetter Hans.

»Wie heißt sie?«, schrie er und kniff Vetter Hans in den Arm. »Au!«, schrie dieser. »Fräulein Bech!«

Da warf Hans sich rücklings auf die Bank.

Aber kaum war er niedergefallen, als er schon mit einem lauten Schrei emporsprang und aus der Rocktasche ein kleines, knorriges Ding zog, das er die Allee hinunter schleuderte.

»Was ist mit dem Jungen los!«, schrie Onkel Fredrik, »was hast du da fortgeworfen?«

»Ach, das war der verteufelte Blücher«, antwortete Vetter Hans weinerlich.

Onkel Fredrik konnte mit knapper Mühe noch sagen:

»Hab' ich dir's nicht gesagt? Hüte dich vor Blücher,« dann brach er in ein lebensgefährliches Lachen aus, das vom Schlosshügel bis weit hinein in die obere Wallstraße dauerte.

Ende.